DANIIL CHARMS · FALLEN

DANIIL CHARMS

FALLEN

Prosa
Szenen
Kindergeschichten
Briefe

Herausgegeben
und übersetzt von
Peter Urban

HAFFMANS VERLAG

Umschlagzeichnung von Friedrich Karl Waechter
Titelzeichnung von Daniil Charms

1.–3. Tausend, Herbst 1985

ISBN 3 251 00065 9

INHALT

ANLAGE I – KINDERGESCHICHTEN

ANLAGE II – VIER BRIEFE

NACHBEMERKUNG

LESER!

Kämm dich, wenn du einen Bart hast, rasiere ihn ab, wasch dir die Hände und setz dich.

Dir, o Leser meiner Werke, sind diese Seiten zugeeignet. Kleine Rauchwölkchen umwehen deinen Kopf. Mit deinen Füßen streichelst du den Kater, und in den Händen hältst du einen kleinen Messingvogel. Denkst du zu lachen über mein Buchstabengekritzel, oder denkst du, gleich der unvernünftigen Trappe, an meinem Auge vorbeizufliegen und in der Luft nur eine bunte Feder zu hinterlassen?

Halt! Nicht so eilig, Leser, verzieh nicht gleich die Lippen zu einem Lächeln auf deinem unverschämten Gesicht und spring nicht gleich vor mir zur Seite. Laß dich anschauen. Vielleicht bist du krumm und verwachsen und hast zu schmale Schultern? Und schläfst vielleicht im Dreck und hast den ganzen Tag Schweißhände? Vielleicht hast du überhaupt nichts im Kopf, vielleicht bist du einfach eine Mißgeburt? Dann lauf weiter, lache und mach, was du willst, denn ich habe auch einen anderen Leser, der besser ist als du! Er ist ebenmäßig gewachsen und breitschultrig, lebt im Wohlstand und schläft in einem sauberen Bett, wäscht sich die Hände mit Alaun und schneuzt sich in schneeweiße Taschentücher. Er ist klug: das sieht man sofort. Er hat eine vertikale Falte auf der Stirn, und seine Augenbrauen sind stets leicht gerunzelt. Er trägt einen schönen Anzug aus einem Wollstoff, hat ein kleines Filzmützchen auf dem Kopf, und im Winter zieht er über dieses Mützchen eine Kapuze aus Kamelhaar. Er raucht beinahe ununterbrochen: morgens raucht er die kurze gerade Pfeife, tagsüber und am Abend die gebogene. Manchmal raucht er auch Zigarren, und wenn man ihm eine Zigarette anbietet, raucht er die

Zigarette. Er ist der ideale Leser, denn er küßt jedes gelesene Buch und legt es in die Truhe aus dunkler karelischer Birke mit Kupferplättchen an den Ecken. In dieser Truhe liegen schon 36 Bücher. Ich möchte, daß mein Buch das 37-te wird!
Dir und nur dir, lieber Leser, widme ich dieses Buch.

ELIZAVETA BAM

Ein kleines schlichtes Zimmer, wenig Tiefe

1.

ELIZAVETA BAM Gleich, eh ich michs versehe, geht die Tür auf und sie kommen herein... Sie kommen bestimmt, um mich zu fangen und vom Erdboden zu vertilgen. Was habe ich angestellt. Was habe ich angestellt. Wenn ich es nur wüßte... Fliehen. Aber fliehen wohin. Diese Tür führt auf die Treppe, und auf der Treppe stoße ich auf sie. Durchs Fenster. *Sie schaut zum Fenster hinaus.* Hu! Zu hoch... Da kann ich nicht runterspringen. Was soll ich nur tun... Da, Schritte. Das sind sie. Ich schließe die Tür ab und mache nicht auf. Sollen sie klopfen, solange sie wollen.

Es klopft an die Tür, dann eine Stimme hinter der Bühne, bedrohlich.

STIMME Elizaveta Bam, aufmachen. *Pause.* Elizaveta Bam, aufmachen.

STIMME VON FERNE Was ist los, sie macht die Tür nicht auf?

STIMME HINTER DER TÜR Sie wird aufmachen. Elizaveta Bam, aufmachen.

Elizaveta Bam wirft sich aufs Bett und hält sich die Ohren zu. Die Stimmen hinter der Tür:

1. STIMME Elizaveta Bam, ich befehle Ihnen, unverzüglich die Tür aufzumachen.

2. STIMME *leise* Sagen Sie ihr, sonst brechen wir die Tür auf. Laß mich mal probieren.

1. STIMME *laut* Wir brechen die Tür auf, wenn Sie nicht sofort aufmachen.

2. STIMME Vielleicht ist sie gar nicht da.

1. STIMME Doch. Wo soll sie denn sonst sein. Sie ist die

Treppe hinauf. Hier ist nur die eine Tür. Wo soll sie also sein. *Laut.* Elizaveta Bam, ich sage es Ihnen zum letzten Mal, machen Sie auf. *Pause.* Los, aufbrechen.

Elizaveta Bam hebt den Kopf. Unter alliterativen Geräuschen wird versucht, die Tür aufzubrechen. Elizaveta Bam läuft zur Bühnenmitte und horcht.

2. STIMME Ein Messer haben Sie nicht?

Stoß. Elizaveta Bam horcht, die eine Schulter vorgereckt.

1. STIMME Nicht so, mit der Schulter.
2. STIMME Sie gibt nicht nach. Warten Sie, ich versuche es noch mal so.

Die Tür erbebt, gibt aber nicht nach.

ELIZAVETA BAM Ich mache Ihnen die Tür nicht auf, bevor Sie mir nicht sagen, was Sie mit mir machen wollen.

1. STIMME Sie wissen genau, was Ihnen bevorsteht.

ELIZAVETA BAM Nein, das weiß ich nicht. Sie wollen mich umbringen.

1. STIMME Sie stehen unter schwerer Anklage.
2. STIMME *gleichzeitig* Uns entkommen Sie sowieso nicht.

ELIZAVETA BAM Vielleicht sagen Sie mir, wessen ich mich schuldig gemacht haben soll.

1. STIMME Das wissen Sie sehr wohl.

ELIZAVETA BAM Nein, weiß ich nicht. *Stampft mit dem Fuß auf.*

1. STIMME Sie gestatten, daß wir Ihnen nicht glauben.
2. STIMME Sie sind eine Verbrecherin.

ELIZAVETA BAM Ha-ha-ha-ha. Und wenn Sie mich umbringen, glauben Sie, Sie hätten ein reines Gewissen?

1. STIMME Wir handeln in Übereinstimmung mit unserem Gewissen.

ELIZAVETA BAM Wenn das so ist, o weh, aber Sie haben kein Gewissen. *Läuft hin und her.*

2.

2. STIMME Wie, kein Gewissen? Pëtr Nikolaevič, sie sagt, wir haben kein Gewissen.

ELIZAVEATA BAM Sie, Ivan Ivanovič, haben überhaupt kein Gewissen. Sie sind einfach ein Betrüger.

2. STIMME Wer ist ein Betrüger? Ich? Ich?... Ich ein Betrüger?

1. STIMME Moment, Ivan Ivanovič. Elizaveta Bam, ich befehle Ihnen...

Elizaveta Bam hat die Arme um die Knie geschlungen und streckt den Kopf zur Tür.

2. STIMME Nein, Pëtr Nikolaevič, ich soll ein Betrüger sein?

1. STIMME Seien Sie nicht gleich beleidigt. Elizaveta Bam, ich befeh...

2. STIMME Nein, Moment, Pëtr Nikolaevič, sagen Sie mir, bin ich ein Betrüger?

1. STIMME Also lassen Sie das doch endlich.

2. STIMME Wie, ich bin Ihrer Meinung nach ein Betrüger?

1. STIMME Ja, ein Betrüger!!

2. STIMME Ach, also ich bin Ihrer Meinung nach ein Betrüger? So sagten Sie doch?

Elizaveta Bam läuft auf der Bühne hin und her.

1. STIMME Hauen Sie ab! Alter Schafskopf! Und das in verantwortlicher Mission. Ein Wort, und schon gehen Sie die Wände hoch. Was wollen Sie schon sein nach alledem? Einfach ein Idiot!

2. Stimme Und Sie sind ein Scharlatan.
1. Stimme Hauen Sie ab!
Elizaveta Bam Ivan Ivanovič ist ein Betrüger.
2. Stimme Ihnen verzeihe ich das nie.
1. Stimme Und ich werfe Sie gleich die Treppe hinunter.
Ivan Ivanovič Versuchen Sie es doch.
Pëtr Nikolaevič Ich werf ich werf die Treppe werf ich Sie hinunter!

Elizaveta Bam öffnet die Tür. Ivan Ivanovič steht auf Krükken gestützt, Pëtr Nikolaevič sitzt auf einem Stuhl, die Wange verbunden.

Elizaveta Bam Sind die Arme zu kurz.
Pëtr Nikolaevič Wessen Arme, meinen Sie meine?
Ivan Ivanovič Ja doch, Ihre. Sagen Sie, Sie meinen doch seine? *Ivan Ivanovič zeigt auf Pëtr Nikolaevič.*
Elizaveta Bam Ja, seine.
Pëtr Nikolaevič Elizaveta Bam, was unterstehen Sie sich, so etwas zu sagen?
Elizaveta Bam Warum?
Pëtr Nikolaevič Weil Sie die Stimme verloren haben. Sie haben ein widerwärtiges Verbrechen verübt. Es steht Ihnen nicht zu, Unverschämtheiten zu sagen. Sie sind eine Verbrecherin.
Elizaveta Bam Warum?
Pëtr Nikolaevič Was warum?
Elizaveta Bam Warum ich eine Verbrecherin bin?
Pëtr Nikolaevič Weil Sie jede Stimme verloren haben.
Ivan Ivanovič Einfach jede Stimme verloren.
Elizaveta Bam Ich habe sie nicht verloren. Das können Sie an der Uhr ablesen.

Der Bühnenhintergrund fährt weg und läßt an der Tür Ivan Ivanovič und Pëtr Nikolaevič herein.

3.

Pëtr Nikolaevič So weit wird es nicht kommen. Ich habe vor der Tür eine Wache postiert, und beim geringsten Stoß bekommt Ivan Ivanovič den Schlucken.

Elizaveta Bam Zeigen Sie. Bitte zeigen Sie.

Pëtr Nikolaevič Also, schauen Sie her. Angenommen, wir verdrücken uns. Eins, zwei, drei. *Tritt gegen den Bordstein.*

Pëtr Nikolaevič geht zum Proszenium, Ivan Ivanovič folgt ihm. Ivan Ivanovič hat laut den Schluckauf, stolpert fortgesetzt gegen den Bordstein.

Elizaveta Bam Noch einmal. Bitte.

Pause. Ivan Ivanovič schluckt noch einmal.

Elizaveta Bam Wie machen Sie das?

Sie wiederholen es. Ivan Ivanovič stolpert wieder gegen den Bordstein, und Ivan Ivanovič schluckt wieder.

Pëtr Nikolaevič Ganz einfach. Ivan Ivanovič, zeigen Sie es ihr.

Ivan Ivanovič Mit Vergnügen. *Hockt sich auf alle Viere und zieht ein Bein nach.*

Elizaveta Bam Aber das ist ja wunderbar. *Ruft.* Mama! Komm doch her. Die Gaukler sind da. Gleich kommt meine Mama... Machen Sie sich bekannt, Pëtr Nikolaevič, Ivan Ivanovič. Zeigen Sie uns ein Kunststück.

Ivan Ivanovič Mit Vergnügen.

Pëtr Nikolaevič Allez-hopp!

Ivan Ivanovič versucht einen Kopfstand, fällt aber um.

Elizaveta Bam Gleich, gleich.

Ivan Ivanovič Man kann sich hier nirgends abstützen. *Auf dem Boden sitzend.*

ELIZAVETA BAM Wollen Sie vielleicht ein Handtuch? *Fängt an zu spielen.*

Auf die Bühne heraus kommen Papaša und Mamaša, setzen sich und schauen zu.

IVAN IVANOVIČ Wozu.
ELIZAVETA BAM Einfach so. Hi-hi-hi-hi...
IVAN IVANOVIČ Sie haben ein sehr angenehmes Äußeres.
ELIZAVETA BAM Ja nun? Warum?
IVAN IVANOVIČ Ä-ä-ä-ä-ä, weil, Sie sind ein Vergißmeinnicht. *Schluckt laut.*
ELIZAVETA BAM Ich bin ein Vergißmeinnicht? Wirklich? Und Sie sind eine Tulpe. »*Tulpe*« *durch die Nase.*
IVAN IVANOVIČ Wie?
ELIZAVETA BAM Eine Tulpe.
IVAN IVANOVIČ *befremdet* Sehr angenehm.
ELIZAVETA BAM *durch die Nase* Darf ich Sie abpflücken?
VATER *mit Baßstimme* Elizaveta, laß den Blödsinn.
ELIZAVETA BAM *zu ihrem Vater* Gleich, Papočka. *Zu Ivan Ivanovič durch die Nase.* Gehn Sie doch noch mal auf allen Vieren. *Elizaveta Bam hockt sich hin und stützt sich mit beiden Händen auf.*
IVAN IVANOVIČ Wenn Sie gestatten, Elizaveta Kakerlakovna, so gehe ich jetzt lieber nach Hause. Zu Hause erwartet mich meine Frau. Sie hat viele Kinder, Elizaveta Kakerlakovna. Verzeihen Sie, daß ich Sie belästigt habe. Vergessen Sie mich nicht. Ich bin eben ein Mensch, der von allen gejagt wird. Fragt sich nur, weshalb. Habe ich gestohlen? Nein. Elizaveta Eduardovna, ich bin ein ehrbarer Mensch. Ich habe zu Hause eine Frau. Meine Frau hat viele Kinder. Gute Kinder. Jedes von ihnen hält eine Streichholzschachtel zwischen den Zähnen. Sie werden mir verzeihen. Ich, Elizaveta Michaijlovna, gehe jetzt nach Hause.

Pëtr Nikolaevič geht auf Papaša und Mamaša zu. Mamaša ist über irgendetwas unwillig, geht zum Proszenium.

Ivan Ivanovič zieht den Mantel an und geht ab. Elizaveta Bam bindet eine Schnur um Mamašas Bein, das andere Ende der Schnur bindet sie an einen Stuhl. Alle schweigen. Mamaša beendet ihren Gesang und geht an ihren Platz zurück, den Stuhl hinter sich herziehend.

MAMAŠA *singt*

Der Morgen entflammet,
Die Wasser sich röten,
Es fliegt übern See die pfeilschnelle Möwe
usw.

PËTR NIKOLAEVIČ So. Da sind wir endlich.
PAPAŠA Dank sei dir, o Herr. *Geht ab.*

4.

ELIZAVETA BAM Und du, Mama, gehst du heute nicht spazieren?
MAMAŠA Hast du denn Lust?
ELIZAVETA BAM Schreckliche!
MAMAŠA Nein, ich gehe nicht.
ELIZAVETA BAM Ach ko-o-omm, ge-ehn wir.
MAMAŠA Also gehn wir, gehn wir. *Sie gehen ab.*

Die Bühne ist leer.

5.

IVAN IVANOVIČ Wo ist sie, wo, wo, wo.
PËTR NIKOLAEVIČ *stürzt herein*

Elizaveta Bam!
Elizaveta Bam!
Elizaveta Bam!

PËTR NIKOLAEVIČ Da, da, da... IVAN IVANOVIČ Dort, dort, dort. PËTR NIKOLAEVIČ Ivan Ivanovič, Wie kommen wir hier her? IVAN IVANOVIČ Man hat uns eingesperrt. PËTR NIKOLAEVIČ So eine Unverschämtheit. Bitte mir kein Kilo. IVAN IVANOVIČ Dann nehmen Sie ein Pfund, fünf minus fünf, fünfhundert Gramm. PËTR NIKOLAEVIČ Wo ist Elizaveta Bam?	} skandierend.
IVAN IVANOVIČ Warum wolln Sie sie ham? PËTR NIKOLAEVIČ Um sie zu töten. Wamm! IVAN IVANOVIČ Aham, Elizaveta Bam sitzt dort auf einer Bank ganz nah bei diesem Stamm. PËTR NIKOLAEVIČ Dann aber nichts wie ran.	} Singsang.

Beide laufen auf der Stelle.

Auf die Vorderbühne wird ein Holzklotz gebracht und, während Pëtr Nikolaevič und Ivan Ivanovič auf der Stelle laufen, in Scheite zerhackt.

Hopp, hopp
hoch das Bein,
hinterm Berg
Abendschein
Wolken rosa triefen
puch, puch

Lokomo
Lokomotiven
chuk, chuk
Uhu
Filina.

6.

ELIZAVETA BAM Sie suchen mich? *Steht auf und geht ab.*

PËTR NIKOLAEVIČ Ja, Sie. Vanja, hier ist sie. *Er schiebt die Kulisse weg, und hinter der Kulisse sitzt Elizaveta Bam.*

IVAN IVANOVIČ Wo, wo? wo!

PËTR NIKOLAEVIČ Hier, unter dem Busch.

Ein Bettler kommt hinzu.

IVAN IVANOVIČ Zieh sie da raus.

PËTR NIKOLAEVIČ Sie läßt sich nicht rausziehn.

BETTLER *zu Elizaveta Bam* Genossin, helfen Sie mir. *Fängt an zu schlucken, wie zuvor Ivan Ivanovič.* Das nächste Mal habe ich bestimmt mehr Erfahrung. Ich habe mir alles genau gemerkt.

ELIZAVETA BAM *zu dem Bettler* Ich habe nichts.

BETTLER Nur eine Kopeke.

ELIZAVETA BAM Frag mal den Onkel da. *Sie zeigt auf Pëtr Nikolaevič.*

PËTR NIKOLAEVIČ *zu Ivan Ivanovič, ebenfalls mit Schlucken* Paß auf, was du tust.

Auf die Bühne fährt ein Tisch. Elizaveta Bam rückt einen Stuhl an den Tisch und setzt sich.

IVAN IVANOVIČ Ich grabe die Wurzeln aus.

BETTLER Helft mir, Genossen.

PËTR NIKOLAEVIČ *zu dem Bettler* Los, kriech da drunter.

Ivan Ivanovič Schön auf dem Bauch.
Pëtr Nikolaevič Laß ihn, das schafft er schon.

Der Bettler kriecht unter der Kulisse hindurch.

Elizaveta Bam Setzen Sie sich doch. Warum wollen Sie zuschauen?

Pause.

Ivan Ivanovič Danke sehr.
Pëtr Nikolaevič Setzen wir uns. *Setzt sich.*

Schweigen, Sie essen Suppe.

Elizaveta Bam Warum mein Mann nur nicht kommt. Wo er wohl hängengeblieben ist?
Pëtr Nikolaevič Er wird schon noch kommen. *Springt auf und läuft über die Bühne.* Fang mich, fang mich!
Ivan Ivanovič Ha-ha-ha! *Läuft Pëtr Nikolaevič nach.* Und wo ist man frei?
Elizaveta Bam Hier, hinter diesem Strich.
Pëtr Nikolaevič *klatscht Ivan Ivanovič ab* Du bist dran.

Auf die Bühne kommt Papaša, eine Schreibfeder in der Hand.

Elizaveta Bam Ivan Ivanovič, laufen wir hierher.
Ivan Ivanovič Ha-ha-ha-ha, ich habe keine Beine mehr!
Pëtr Nikolaevič Na dann auf allen Vieren.
Papaša *ins Publikum* Von der geschrieben stand.
Elizaveta Bam Wer ist dran?
Ivan Ivanovič Ich, ha-ha-ha, in Hosen.
Pëtr Nikolaevič }
Elizaveta Bam } Ha-ha-ha-ha...
Papaša Kopernikus war ein großer Gelehrter.
Ivan Ivanovič *wälzt sich auf dem Boden* Ich habe Haare auf dem Kopf.

PЁTR NIKOLAEVIČ } Ha-ha-ha-ha-ha-ha-ha-ha-ha.
ELIZAVETA BAM }

IVAN IVANOVIČ Ich liege lang auf dem Boden.

PЁTR NIKOLAEVIČ } Ha-ha-ha-ha.
ELIZAVETA BAM }

Mamaša kommt auf die Bühne.

ELIZAVETA BAM Oh, ich kann nicht mehr.

PAPAŠA *geht ab* Wenn du einen Vogel fängst, schau nach, ob er Zähne hat. Wenn er Zähne hat, dann ist er kein Vogel.

7.

PЁTR NIKOLAEVIČ *hebt die Hand* Ich bitte Sie in aller Form, auf meine Worte zu hören. Ich will Ihnen beweisen, daß jedes Unglück unerwartet eintritt. Als ich noch ein ganz junger Mann war, wohnte ich in einem kleinen Haus mit einer Tür, die quietschte. Außer mir gab es da nur noch Mäuse und Kakerlaken. Kakerlaken überall; wenn die Nacht hereinbrach, schloß ich die Tür ab und löschte die Lampe. Ich schlief und hatte vor nichts Angst.

STIMME HINTER DER BÜHNE Vor nichts Angst.

MAMAŠA Vor nichts.

SCHALMEI HINTER DER BÜHNE I – I.

IVAN IVANOVIČ Vor nichts.

KLAVIER I – I.

PЁTR NIKOLAEVIČ Vor nichts. *Pause.* Ich brauchte keine Angst zu haben. Die Räuber hätten kommen und das ganze Haus durchstöbern können. Was hätten sie gefunden? Nichts.

SCHALMEI HINTER DER BÜHNE I – I.

Pause.

PËTR NIKOLAEVIČ Und wer hätte sonst noch zu mir kommen können, mitten in der Nacht? Doch niemand sonst? Nicht wahr?

STIMME HINTER DER BÜHNE Doch niemand sonst?

PËTR NIKOLAEVIČ Nicht wahr? Doch eines Nachts wache ich auf...

IVAN IVANOVIČ ... und sehe: die Tür steht offen, und in der Tür steht eine Frau. Ich sehe sie mir genau an. Sie steht da. Es ist ziemlich hell. Es muß gegen Morgen gewesen sein. Auf jeden Fall habe ich mir ihr Gesicht genau angesehen. Und das war sie! *Er zeigt auf Elizaveta Bam.* Damals sah sie aus wie...

ALLE Wie ich. *Sie verdecken sich gegenseitig.*

IVAN IVANOVIČ Ich spreche, also bin ich.

ELIZAVETA BAM Was Sie nicht sagen.

IVAN IVANOVIČ Ich spreche, um zu sein. Dann, scheint mir, ist es schon zu spät. Sie hört mir zu. Ich fragte sie, womit sie es tun wolle. Sie sagt, sie habe sich mit ihm duelliert, auf Degen. Sie hätten sich tapfer geschlagen, aber sie sei nicht daran schuld, daß sie ihn umgebracht habe. Denk nach, warum hast du Pëtr Nikolaevič umgebracht?

Alle gehen ab, es bleiben nur Elizaveta Bam und Ivan Ivanovič.

ELIZAVETA BAM Hurra, ich habe niemanden umgebracht.

IVAN IVANOVIČ Einfach einen Menschen erstechen. Welch List und Tücke, hurra, du hast es getan, aber warum?

8.

ELIZAVETA BAM *geht auf die Seite* Uuuuuuu-uuuu-uuuu-u.

IVAN IVANOVIČ Wölfin.

ELIZAVETA BAM Uuuuuuuu-uuuuu-u-u.

Ivan Ivanovič Wö-ö-ö-ölfin!

Elizaveta Bam *erschauert* U-u-u-u-u-u – Backpflaumen.

Ivan Ivanovič U-uu-urrr-grrrr-ro-o-oßmutter. *Hand.*

Elizaveta Bam Triumph.

Ivan Ivanovič Auf ewig verloren. *Finger.*

Elizaveta Bam Ein Pferd wie ein Rabe, und auf ihm ein Soldat.

Ivan Ivanovič *zündet ein Streichholz an* Liebste Elizaveta. *Ivan Ivanovič zittern die Hände.*

Elizaveta Bam Meine Schultern sind wie die aufgehende Sonne. *Klettert auf den Stuhl.*

Ivan Ivanovič *geht in die Hocke* Meine Beine sind wie Gurken.

Elizaveta Bam *klettert höher* Hurra! Ich habe nichts gesagt!

Ivan Ivanovič *legt sich auf den Boden* Nein, nein, nichts, nichts.

Elizaveta Bam *hebt die Hand* Ku - ni - na - ga - ni - li - wa - ni - bauuu.

Ivan Ivanovič *liegt auf dem Boden* Das ist gemein.

Murka das Kätzchen
Milchbart am Frätzchen
sprang aufs Kissen
sprang auf den Ofen
sprang sprang spring
hopp hopp.

Elizaveta Bam *ruft* Zwei Türen, das Hemd, der Strick.

Ivan Ivanovič *steht auf* Da sind zwei Zimmerleute gekommen und fragen, worum es sich handelt.

Elizaveta Bam Die Bouletten, Varvara Semëna.

Ivan Ivanovič *ruft, die Zähne zusammengebissen* Seiltänzerii-i-i-i.

Elizaveta Bam *springt auf den Stuhl* Ich glitzere am ganzen Lei-be.

IVAN IVANOVIČ *läuft in den Hintergrund des Zimmers* Die Kubatur dieses Zimmers kenn ich nicht.

Die Dekoration veräneert sich: aus dem Zimmer wird eine Landschaft. Die Kulissen werden von Papaša und Mamaša hereingeschoben.

ELIZAVETA BAM *läuft ans andere Ende der Bühne* Pack schlägt sich, Pack verträgt sich.

9.

IVAN IVANOVIČ *springt auf einen Stuhl* Wohlstand den Cowboys von Pensylvaaa-a-a...

ELIZAVETA BAM *springt auf einen Stuhl* Ivan Iva-a-a-a...

PAPAŠA Ein Schächtelchen aus Ho-o-o-o. *Zeigt eine Schachtel.*

IVAN IVANOVIČ *vom Stuhl* Zei-ei-ei-ei...

PAPAŠA Laß seeeee...

MAMAŠA Lu-u-u-u-u...

ELIZAVETA BAM Ich habe einen Birkenpi-i-i-i...

IVAN IVANOVIČ Gehn wir an den See.

PAPAŠA Huhu-u-u-u-u-u.

ELIZAVETA BAM Huhu-u-u-u-u.

IVAN IVANOVIČ Gestern habe ich Kolja getroffen.

MAMAŠA Aber nei-ei-ei-ei-ei.

IVAN IVANOVIČ Doch, doch. Ich habe ihn getroffen. Ich sehe, da kommt Kolja und hat Äpfel in der Hand. Was, sage ich, hast du die gekauft? Ja, sagt er, gekauft. Dann ist er weitergegangen.

PAPAŠA Sagen Sie doooooo...

IVAN IVANOVIČ Hmja. Ich frage ihn: was ist, hast du die Äpfel gekauft oder geklaut? Gekauft. Dann ist er weitergegangen.

MAMAŠA Und wo ist er hingegangen?

IVAN IVANOVIČ Ich weiß nicht. Er hat nur gesagt: ich habe die Äpfel gekauft, nicht geklaut, – und ist weitergegangen.

10.

PAPAŠA Nach dieser nicht eben liebenswürdigen Begrüßung führte ihn die Schwester an einen offeneren Platz, an dem goldene Stühle und Sessel aufgetürmt waren und etwa fünfzehn hübsche junge Mädchen fröhlich miteinander schwatzten, sie saßen auf dem, was Gott ihnen gegeben hatte. Alle diese Mädchen bedurften dringend eines heißen Bügeleisens, und allen eignete eine sonderbare Art, die Augen zu verdrehen, ohne auch nur eine Minute aufzuhören zu schwatzen.

Das Dienstmädchen kommt herein. Trägt das Tischtuch und den Korb mit den Lebensmitteln hinaus.

11.

IVAN IVANOVIČ Meine Freunde, wir alle haben uns hier versammelt. Hurra.

ELIZAVETA BAM Hurra.

MAMAŠA Hurra.

PAPAŠA Hurra.

IVAN IVANOVIČ *zittert und zündet ein Streichholz an* Ich möchte euch sagen, seit ich geboren wurde, sind 38 Jahre vergangen.

MAMAŠA Hurra.

PAPAŠA Hurra.

IVAN IVANOVIČ Genossen. Ich habe ein Haus. In diesem Haus sitzt meine Frau. Sie hat viele Kinder. Ich habe sie gezählt – es sind insgesamt 10 Stück.

MAMAŠA *tritt auf der Stelle* Darja, Marja, Fëdor, Pelageja, Nina, Aleksandr und noch vier andere.
PAPAŠA Und alles Jungen?

12.

ELIZAVETA BAM *läuft im Kreis*
Losgerissen überall.
Losgerissen, weggelaufen.
Losgerissen, und jetzt weggelaufen.
MAMAŠA *läuft hinter Elizaveta Bam her* Ißt du Brot?
ELIZAVETA BAM Ißt du Suppe?
PAPAŠA Ißt du Fleisch?
MAMAŠA Ißt du Mehl?
IVAN IVANOVIČ Ißt du Kohl? *Läuft.*
ELIZAVETA BAM Ißt du Hammelfleisch?
PAPAŠA Ißt du Bouletten?
MAMAŠA Oh, tun mir die Beine weh.
IVAN IVANOVIČ Oh, tun mir die Arme weh.
ELIZAVETA BAM Oh, tut mir die Schere weh.
PAPAŠA Oh, tun mir die Sprungfedern weh.

Hinter der Bühne singt der Chor das Motiv der Ouvertüre.

MAMAŠA Die Balkontür steht offen.
IVAN IVANOVIČ Ich möchte in die vierte Etage hinaufspringen.
ELIZAVETA BAM
Losgerissen, weggelaufen.
Losgerissen, und jetzt weggelaufen.

Musikeinsatz.

PAPAŠA Mein rechter Arm und die Nase sind genau solche Sachen wie mein linker Arm und das Ohr.

Alle laufen, einer nach dem andern, von der Bühne.

CHOR *zur Musik nach dem Motiv der Ouvertüre.*

Auf Wiedersehn, auf Wiedersehn.
II – I
II – I
Oben, sagt die Kiefer, oben
ringsum, sagt sie, ist es dunkel,
auf der Kiefer ist ein Bett,
in dem Bett der Gatte liegt.
Auf Wiedersehn, auf Wiedersehn.
I – I
I – I
Kommen wir hinzu ganz leis
I – I
in das endlos Haus,
und zum Fenster schaut heraus
durch die Brill ein junger Greis.
Auf Wiedersehn, auf Wiedersehn.
II – I
II – I
Und es öffnet sich das Tor
Und es erscheint ein
I – I

Das Licht erlischt.

Ouvertüre.

13.

Licht nur auf Pëtr Nikolaevič.

IVAN IVANOVIČ

Zerbrochen bist du,
zerbrochen dein Stuhl.

VIOLINE

Na na ni na
na na ni na

IVAN IVANOVIČ

Zerbrochen die Kutsch
da waren alle futsch.

VIOLINE

Na na ni na
na na ni na

IVAN IVANOVIČ

Acht Minuten
die sich sputen.

VIOLINE

Na na ni na
na na ni na

IVAN IVANOVIČ

Das ist eure Rechnung
Schwer seid schwer
Rotte oder Peloton
Mit Maschingewehr.

TROMMEL

I – I
I – I
I – I – I – I

IVAN IVANOVIČ

Die Fetzen flogen
Woche um Woche

PFEIFE UND TROMMEL

Via-a bum, bum
via-a bum.

IVAN IVANOVIČ

Des ersten Hauptmanns Laut
hörte nicht die Braut.

Das Licht allmählich heller.

PFEIFE
Via via via via.
IVAN IVANOVIČ
Helft mir, helft mir schnell
Über mir Salat und Wasser.

Volles Licht.

VIOLINE
Na na ni na
na na ni na

Die Kulisse hebt Ivan Ivanovič hervor.

14.

IVAN IVANOVIČ
Sagen Sie, Pëtr Nikolaevič,
waren Sie dort, auf dem Berg?
PËTR NIKOLAEVIČ
Ich komme soeben von dort
dort ist es wunderschön.
Die Blumen blühn, die Bäume rauschen,
dort steht die Hütte – ein Häuschen von Holz,
in der Hütte brennt ein Licht. *Deklamation.*
In dieses Licht die Mücken fliegen,
ans Fenster die Nachtfalter klopfen.
Von Zeit zu Zeit huscht flatternd unterm Dach
der alte Räuber Ziegenmelker.
Der Hund mit seiner Kette wiegt die Luft
und bellt ins Leere vor sich hin,
die Grillen zirpen ihm zur Antwort
in allen Tönen unsichtbar Verschwörung.

Ivan Ivanovič

In diesem Häuschen, das von Holz,
das eine Hütte wird genannt,
in dem ein Lichtlein brennt und knistert,
wer, sagt mir, lebt in diesem Häuschen?

Pëtr Nikolaevič

In ihm lebt niemand,
niemand macht die Tür auf,
drin reiben nur die Mäuse mit der flachen Hand das Mehl,
drin brennt ein Licht wie Rosmarin,
und auf dem Ofen sitzt den lieben langen Tag
als Eremit die Kakerlake Tarakan.

Ivan Ivanovič

Und wer zündet das Licht an?

Pëtr Nikolaevič

Niemand. Das brennt von allein.

Ivan Ivanovič

Aber das gibt es doch nicht.

Pëtr Nikolaevič

Leere, dumme Worte.
Es gibt die endlose Bewegung,
es gibt der leichten Elemente Atmen.
Zeigt mit der Hand.
Planeten Lauf, der Erde Kreisen,
den irren Wechsel zwischen Tag und Nacht,
Verbindungen der dumpfen Natur,
schlafender Tiere Zorn und Kraft
und Unterwerfung der Gesetze
des Lichtes und der Welle durch den Menschen.

Ivan Ivanovič *zündet ein Streichholz an*

Jetzt habe ich verstanden, verstanden, verstanden.
Ich danke sehr und setze mich ein Weilchen hin,
wie stets sehr interessiert ich bin.
Wie spät ist es, Sie wissen es vielleicht?

Pëtr Nikolaevič
Vier Uhr. Oh, Zeit zum Mittagessen.
Ivan Ivanovič, wir wollen gehn,
doch nicht vergessen, morgen nacht
da stirbt Elizaveta Bam.
Papaša *kommt herein*
Welche Elizaveta Bam,
welche meine Tochter,
welche ihr morgen nacht
ermorden wollt, aufhängen, hochziehn an der Kiefer,
den schlanken Stamm entlang,
damit es wissen alle Tiere
und das gesamte Land.
Doch ich befehle euch
bei meiner mächtgen Hand
            und sei es wider die Gesetze:
            vergeßt Elizaveta Bam
Pëtr Nikolaevič
Versuch es nur, verbiet es uns,
und ich zerstampf dich auf der Stelle,
dann brech ich mit der roten Peitsche
dir die Gelenke einzeln,
ich blas dich auf und laß dich reiten
auf allen Winden wie ein Hahn.
Ivan Ivanovič
Er kennt hier alles ringsumher,
er ist mein Freund, Gebieter, Herr.
Mit einem Schlag nur seiner Flügel
versetzt er Meere in Bewegung,
mit einem Schlag nur seiner Axt
fällt Wälder er und Berge, Hügel –
mit einem, einem Atemzug
der fort ihn durch die Lüfte trug,
ist überall und nirgends er.

Papaša

So laß uns kämpfen, Zauberer –
du mit dem Wort, ich mit der Hand.
Währts einen Augenblick nur,
eine Stunde oder zwei –
es endet irgendwann,
stirbst du, sterb ich
(es wird sehr still sein dann), –
doch triumphieren soll mein Mädchen
Elizaveta Bam.

15.

DER KAMPF DER ZWEI RECKEN

Ivan Ivanovič

Der Kampf der zwei Recken.
Text von Immanuel Kraidaitereitik.
Musik von Veliopag, dem Hirten aus Holland.
Choreographie von einem unbekannten Reisenden.
Der Beginn des Kampfes wird durch ein Glockensignal angezeigt.

Auf die Bühne werden zwei Tischchen gebracht.

Stimmen *aus verschiedenen Ecken des Saals*

– Der Kampf der zwei Recken.
– Text von Immanuel Kraidaitereitik.
– Musik von Veliopag, dem Hirten aus Holland.
– Choreographie von einem unbekannten Reisenden.
– Der Beginn des Kampfes
usw.

Der Kampf der zwei Recken.

Glocke

Bum, bum, bum, bum, bum.

Pëtr Nikolaevič

Kurabür, doramur
dündiri
        sasakatür pakaradagu
        da kü tschiri, kiri, kiri
andulila chabakula
        che-e-el,
Changu ana kudü
Para wü na lüitena
        che-e-el
Tschapu, agapali
tschapatali mar
mabaletschina
        che-e-el

Er hebt die Hand.

Papaša

Soll er bis zur Sonne fliegen,
der geflügelt Papagei,
und den goldnen Tag verdunkeln,
he, ich bin bereit.
Soll durch grüne Waldesruhe
Hufgetrappel hallen.
        Und mit Getös vom Rade fallen
        des Fundamentes schwere Truhe.
Und der Ritter, der bei Tische
die Schwerter prüft,
        erhebt den Becher, ruft
ruft über diesem Becher:
Ich hebe diesen Becher
an die entzückten Lippen,
solange ich noch kann,
und leer ihn auf die allerbeste
Elizaveta Bam.

Deren Hände weiß und zart
die Weste mir gestreichelt
und zupften mir den Bart...
Elizaveta Bam soll leben,
soll leben tausend Jahr!

PËTR NIKOLAEVIČ

Also, auf denn.
Ich bitte aufmerksam zu folgen
dem Zucken unsrer Säbel,
wohin welche Spitze gerichtet
und wo wer welchen Stoß empfängt.

PAPAŠA

Ich stoße gradezu und quer,
es rette sich, wer kann!
Er greift an.
Der Kampf geht an,
und wer
nicht ausweicht, fall!
Schon rauschen Wälder ringsumher,
schon blühen Gärten überall.

PËTR NIKOLAEVIČ

Schau weniger zur Seite
und acht auf die Bewegung
der eisernen Zentren und Verdichtung
der tödlichen Kräfte.

PAPAŠA *hebt das Rapier und schlägt damit im Takt zu seiner Deklamation*

Lob sei dem Eisen – Karborund.
Es stärkt die Brückenpfeiler
und reißt, durchstrahlt von Strom,
den Feind zu Tode.
Lob sei dem Eisen! Lied der Schlacht!
Es macht dem Räuber Sorge,
macht aus dem Jüngling einen Mann

und reißt den Feind zu Tode!
O Ruhm den Federn! Ruhm den Federn!
Sie fliegen durch die Luft
fliegen dem Treulosen ins Auge,
reißen den Feind zu Tode!
O Ruhm den Federn! Weisheit dem Stein.
Er liegt am Fuß der ernsten Kiefer,
und unter ihm entspringt ein Wasser
dem toten Feind entgegen.

Pëtr Nikolaevič fällt.

PËTR NIKOLAEVIČ
Ich fiel zur Erde, geschlagen,
leb wohl, Elizaveta Bam,
komm in mein Häuschen auf dem Berge
und leg dich dort zurück.
Es werden laufen über dich
und über deine Hände
die Mäuse erst, und dann
die Kakerlake Tarakan.
Du hörst die Glocke läuten
vom Dache bim und bam
verzeih, vergib mir bitte,
Elizaveta Bam.

Die Glocke läutet.

IVAN IVANOVIČ
Der Kampf der zwei Recken ist beendet.

Pëtr Nikolaevič wird hinausgetragen.

16.

ELIZAVETA BAM *kommt herein*
Ach, hier bist du, Papa. Ich freu mich sehr.

Ich war eben in der Kooperative.
Ich habe mir dort Bonbons gekauft.
Ich wollte, wir hätten Torte zum Tee.

PAPAŠA *knöpft sich den Kragen auf*
Tfu, bin ich erschöpft.

ELIZAVETA BAM
Was hast du denn gemacht?

PAPAŠA
Ach ... ich habe Holz gehackt
und bin jetzt schrecklich müde.

ELIZAVETA BAM
Ivan Ivanovič, gehen Sie in die halbe Bierstube und holen Sie uns eine Flasche Bier und Erbsen.

IVAN IVANOVIČ
Aha, Erbsen und eine halbe Flasche Bier,
in die Bierstube gehn und von da wieder hier.

ELIZAVETA BAM
Keine halbe, sondern eine ganze Flasche Bier,
und nicht in die Bierstube, sondern in die Erbsen.

IVAN IVANOVIČ
Sofort, ich verstecke nur den Mantel in der Bierstube
und setzte mir eine halbe Erbse auf den Kopf.

ELIZAVETA BAM
Ach nein, ich weiß nicht, nur machen Sie schnell,
denn Papaša ist müde vom Holzhacken.

PAPAŠA
O diese Frauen, sie haben keine Ahnungen,
statt Ahnungen im Kopf nur Leere.

17.

MAMAŠA *kommt herein* Genossen, meinen Sohn hat sie totgemacht, die Schlampe.

STIMMEN Welche, welche?

Hinter den Kulissen schauen zwei Köpfe hervor.

MAMAŠA Na die da, mit den Lippen da.
ELIZAVETA BAM Mama, Mama, was sagst du da.

Ivan Ivanovič zündet ein Streichholz an.

MAMAŠA Nur wegen dir hat sich ihm sein Leben in Nichts aufgelöst.
ELIZAVETA BAM Aber sag mir doch bitte, von wem du redest.
MAMAŠA *mit versteinerter Stimme* Sie, sie, siie.
ELIZAVETA BAM Sie ist verrückt geworden.

Papaša zückt ein Taschentuch und tanzt auf der Stelle.

MAMAŠA Ich bin ein Tintenfisch.

Die Dekorationen beginnen sich von einer Landschaft in ein Zimmer zu verwandeln. Die Kulissen verschlingen Papaša und Mamaša.

ELIZAVETA BAM Gleich werden sie kommen, was habe ich nur angerichtet.
MAMAŠA $3 \times 27 = 81$.

Die Bühne ist dieselbe wie zu Beginn.

18.

ELIZAVETA BAM Sie kommen bestimmt, um mich zu fangen und vom Erdboden zu vertilgen. Fliehen. Ich muß fliehen. Aber fliehen wohin. Diese Tür führt auf die Treppe, und auf der Treppe begegne ich ihnen. Durchs Fenster – *schaut zum Fenster hinaus* – Hu-u-u. Da kann ich nicht runterspringen. Zu Hoch. Aber was soll ich nur tun. Da, Schritte. Das sind sie. Ich schließe die Tür ab. Und mache nicht auf. Sollen sie klopfen, solange sie wollen. *Sie schließt die Tür ab.*

KLOPFEN AN DIE TÜR, DANN STIMMEN Elizaveta Bam, im Namen des Gesetzes befehle ich Ihnen, machen Sie die Tür auf.

Schweigen.

1. STIMME Ich befehle Ihnen, machen Sie die Tür auf. *Schweigen.*

2. STIMME *leise* Brechen wir die Tür auf.

1. STIMME Elizaveta Bam; machen Sie die Tür auf, sonst brechen wir sie auf.

ELIZAVETA BAM Was wollen Sie mit mir machen?

1. STIMME Sie stehen unter schwerer Anklage.

ELIZAVETA BAM Weshalb, wofür? Warum wollen Sie mir nicht sagen, was ich getan habe?

1. STIMME Sie sind angeklagt des Mordes an Pëtr Nikolaevič...

2. STIMME Und dafür werden Sie sich verantworten müssen.

ELIZAVETA BAM Ich habe niemanden ermordet.

1. STIMME Darüber wird das Gericht entscheiden.

ELIZAVETA BAM Ich bin in Ihrer Gewalt.

PËTR NIKOLAEVIČ Im Namen des Gesetzes, Sie sind verhaftet.

IVAN IVANOVIČ *zündet ein Streichholz an* Folgen Sie uns.

Elizaveta Bam öffnet die Tür. Hereinkommen Pëtr Nikolaevič und Ivan Ivanovič, als Feuerwehrleute verkleidet.

19.

ELIZAVETA BAM *schreit* Fesselt mich! Zieht mich an den Haaren! Zieht mich durch den Trog! Ich habe niemanden ermordet! Ich kann niemanden ermorden!

PËTR NIKOLAEVIČ Elizaveta Bam, ganz ruhig!

IVAN IVANOVIČ Schauen Sie in die Ferne. *Schluckt laut, wie zu Beginn.*

ELIZAVETA BAM Und in dem Häuschen auf dem Berge brennt schon Licht. Die Mäuse zwirbeln ihre langen Schnurrbärte. Und auf dem Ofen sitzt die Kakerlake Tarakan Tarakanovič im Hemd mit einem roten Kragen, die Axt in der Hand.

PËTR NIKOLAEVIČ Elizaveta Bam. Strecken Sie die Arme aus, schlagen Sie Ihren durchdringenden Blick nieder und folgen Sie mir, bewahren Sie das Gleichgewicht der Gelenke, den Triumph der Sehnen. *Dunkel.* Folgen Sie mir.

Sie gehen langsam ab.

Vorhang.

Geschrieben 12.–24. Dezember 1927

FRÜHE PROSA

. . .

Es war einmal ein Mensch. Er hatte eine Nase.
Er hatte also eine Nase, die aussah wie ein Mund.
Er hatte also eine Nase, die aussah wie ein Mund mit zwei Ohren.

ANDREJ SEMËNOVIČ Guten Tag, Petja.

PËTR PAVLOVIČ Guten Tag, Guten Tag. Guten Morgen. Wohin des Wegs?

Andrej Semënovič streckte Pëtr Pavlovič die Hand entgegen, doch Pëtr Pavlovič packten Andrej Semënovičs Arm und rissen daran so stark, daß Andrej Semënovič plötzlich ohne Arm dastand und vor Entsetzen die Flucht ergriff. Pëtr Pavlovič liefen Andrej Semënovič nach und riefen: »Mistkerl, ich habe dir den Arm ausgerissen, aber warte, wenn ich dich kriege, reiße ich dir auch den Kopf ab!«
Andrej Semënovič machte unverhofft einen Sprung und sprang über den Graben, Pëtr Pavlovič jedoch konnten den Graben nicht überspringen und blieben auf dieser Seite.

ANDREJ SEMËNOVIČ Na? Hast du mich noch nicht gekriegt?

PËTR PAVLOVIČ Und hast du das hier gesehen? *Und er zeigten Andrej Semënovičs Arm.*

ANDREJ SEMËNOVIČ Das ist mein Arm!

PËTR PAVLOVIČ Jawohl, mein Herr, Ihr Arm! Womit wollen Sie jetzt winken?

ANDREJ SEMËNOVIČ Mit dem Taschentuch.

PËTR PAVLOVIČ Der ist wirklich gut! Steckt die eine Hand in die Tasche und hat nichts mehr, um sich am Kopf zu kratzen.

ANDREJ SEMËNOVIČ Petja, machen wir es so: ich gebe dir etwas, und du gib mir meinen Arm zurück.

PËTR PAVLOVIČ Nein, den Arm gebe ich dir nicht zurück, zwecklos, darum zu bitten. Aber wenn du willst, gehen wir zu Professor Tartarelin, er wird dich heilen.

Andrej Semënovič machte einen Freudensprung und lief zu Professor Tartarelin.

ANDREJ SEMËNOVIČ Hoch verehrter Professor, heilen Sie meinen rechten Arm. Mein Freund Pëtr Pavlovič hat ihn mir ausgerissen und will ihn mir nicht zurückgeben.

Pëtr Pavlovič standen im Flur des Professors und lachten dämonisch. Unter den Arm geklemmt hielten er den Arm, den er voller Verachtung hielten, wie eine Portefeuille.

Nachdem er die Schulter von Andrej Semënovič untersucht hatte, steckte sich der Professor eine Zigarette in die Pfeife, rauchte sie an und brachte hervor:

– Dasch ischt eine schwere Verletschung.

ANDREJ SEMËNOVIČ Verzeihung, wie sagten Sie?
PROFESSOR Eine Verletschung.
ANDREJ SEMËNOVIČ Verletzung?
PROFESSOR Ja-ja-ja. Verletschung. Ver - letsch - schung!
ANDREJ SEMËNOVIČ Kein Wunder, er hat mir den Arm ausgerissen.

Im Vorzimmer war ein Lachen zu hören.

PROFESSOR Oh! Wasch ischt dasch?
ANDREJ SEMËNOVIČ Oh, nichts. Achten Sie nicht darauf.
PROFESSOR Ho! Mit dem gröschten Vergnügen. Wollen Schie, dasch wir etwasch leschen?
ANDREJ SEMËNOVIČ Aber Sie werden mich heilen?
PROFESSOR Ja-ja-ja. Erst lesen wir etwas, dann heile ich Sie. Setzen Sie sich.

Beide setzen sich.

PROFESSOR Soll ich Ihnen meine Wissenschaft vorlesen?
ANDREJ SEMËNOVIČ Bittesehr! Sehr interessant!
PROFESSOR Nur, ich habe sie in Versen dargelegt.
ANDREJ SEMËNOVIČ Das ist schrecklich interessant!
PROFESSOR Also, he-he, ich werde Ihnen von hier bis hier vorlesen. Das über die inneren Organe, und das hier über die Gelenke.
PËTR PAVLOVIČ *tritt ins Zimmer*

Ruckrr apprr wustrr wustrr
ich trag einen fremden Arm
ruckrr apprr wustrr wustrr
wo ist der Professor Tartarelin?
Ruckrr apprr wustrr wustrr
wo ist die Sprechstundenuhr?
Wenn es die Berlocken sind
mit zwei Zeigern bis zum Boden
hat die Alte Frau von Uhr
wohl eine Parabel geflogen
ruckrr apprr wustrr wustrr
ich zerstört den Lauf der Uhr
als Ersatz – der Karabister
auf dem Teller ruckrr apprr
mit unendlich langem Arm
angepaßt dem Uhrenzeiger
von Minute zu Minute
nimmt er seinen Wahnsinnsweg
unterm Zifferblatt dem weißen
reißt der Wustrr auf das Maul
in den Schlafrock eingewickelt
thront der strenge Karabister
überwacht die Sprechsekunden
schaut gemessen in das Werk
daß die Zeit nur nicht verrückt spielt
wo ist der Professor Tartarelin

wo Andrej Semënyč Ruckrr
Einarm er den Ruckrr apprr
heilt der Ruckrr apprr wustrr
der den Arm ihm wieder anpaßt
heilmacht annagelt die Finger
Ruckrr apprr wieder einschlägt
Ruckrr apprr wustrr reinhaut.

PROFESSOR TARTARELIN Also Sie haben diesen Bürger verstümmelt, Pëtr Pavlovič?

PËTR PAVLOVIČ Ich habe ihm den Arm aus der Manschette gerissen.

ANDREJ SEMËNOVIČ Und ist mir nachgerannt.

PROFESSOR Antworten Sie.

Pëtr Pavlovič lachen.

KARABISTER Guindalea.

PËTR PALYČ Karabister!

KARABISTER Guindalan.

PROFESSOR Erzählen Sie, wie das gekommen ist.

ANDREJ SEMËNOVIČ

Ich ging neulich über Land
und auf einmal seh ich Petja
Ruhig kommt er mir entgegen
und als sähe er mich nicht
will er einfach weitergehen.
Da hab ich ihm zugerufen:
Petja Guten Tag mein Freund
hast du wirklich nicht gesehen
daß ich dir entgegenkomme.

PËTR PAVLOVIČ

Aber das Zusammentreffen
von Ereignissen das herrscht
das seit je von Kindesbeinen
uns regiert wie kleine Kinder

quält uns hungers in der Wüste
peitscht uns in dem Zimmer aus.

PROFESSOR So-so, das ist klar. Ein Zusammentreffen von Umständen. Das ist wahr. Ein Gesetz.

Da neigten sich Pëtr Pavlovič plötzlich vor und bissen dem Professor ein Ohr ab. Andrej Semënovič lief einen Polizisten holen, während Pëtr Pavlovič den Arm von Andrej Semënovič auf den Boden warfen, das abgebissene Ohr Professor Tartarelins auf den Tisch legten und unbemerkt über die Hintertreppe entkamen.
Der Professor lag auf dem Fußboden und stöhnte.
– Oh, oh, oh, tut das weh! – stöhnte der Professor. – Meine Wunde brennt saftet stark, wo ist der mitleidige Mensch, der meine Wunde auswäscht und sie mit Collodium behandelt!?

Es war ein wundervoller Abend. Hohe Sterne, am Himmel geordnet in ihren feststehenden Figuren, strahlten hernieder. Andrej Semënovič, aus voller Brust atmend, schleppte zwei Polizisten zum Hause des Professors Tartarelin, wobei er seinen einen Arm schwenkte und erzählte, was vorgefallen war:
Der eine Polizist fragte Andrej Semënovič:
– Was heißt der Stromer?
Andrej Semënovič gab seinen Kameraden nicht preis und sagte nicht einmal seinen Namen.
Da fragten beide Polizisten Andrej Semënovič:
– Sagen Sie, kennen Sie ihn schon lange?
– Von Kindesbeinen an, als ich noch so war, – sagte Andrej Semënovič.
– Und wie sieht er aus? – fragten die Polizisten.
– Sein Hauptkennzeichen ist sein schwarzer Bart, – sagte Andrej Semënovič.

Die Polizisten blieben stehen, lockerten ihre Gurte und sangen mit weit offenem Mund, gedehnt, mit nächtlichen Stimmen:

Ach wie ist das interessant,
einstmals war er jung und zart,
als der Freund jedoch erwachsen,
trug er plötzlich einen Bart.

– Sie haben sehr schöne Stimmen, lassen Sie mich Ihnen danken, – sagte Andrej Semënovič und streckte den Polizisten in Ermangelung einer Hand seinen leeren Ärmel entgegen.

– Wir können auch über wissenschaftliche Themen sprechen, – sagten die Polizisten im Chor.

Andrej Semënovič winkte mit dem leeren Ärmel ab.

– Die Erde hat sieben Ozeane, – begannen die Polizisten.

– Die Physiker haben die Sonnenflecken untersucht und sind zu dem Schluß gelangt, daß es auf den Planeten keinen Sauerstoff gibt, weshalb dort auch kein Leben möglich ist.

– In unserer Atmosphäre gibt es einen Punkt, der jedes Zentrum hinwegfegt.

– Das englische Krematorium Albert Einstein hat einen Mechanismus erfunden, danach ist alles und jedes relativ.

– Oh, liebe Herren Polizisten! – bat Andrej Semënovič flehentlich, – laufen wir schnell, sonst bringt mein Freund den Professor Tartarelin noch ganz um.

Der eine Polizist hieß Volodja, der andere Serëža. Volodja faßte Serëža an der Hand, Serëža faßte Andrej Semënovič am Ärmel, und zu dritt liefen sie los.

– Schaut mal, da rennen drei Pensionatstöchter! – riefen die Droschkenkutscher ihnen nach. Einer von ihnen traf Serëža sogar mit der Peitsche auf den Hintern.

– Warte, auf dem Rückweg zahlst du Strafe! – rief Serëža, ohne Andrej Semënovič loszulassen.

Beim Haus des Professors angelangt, sagten alle drei:

– Brrrr! –

und blieben stehen.

– Die Treppe rauf, dritte Etage! – kommandierte Andrej Semënovič.

– Hoch! – riefen die Polizisten und stürmten die Treppe hinauf.

Im Nu drückten sie mit der Schulter die Tür ein und stürzten in Professor Tartarelins Arbeitszimmer.

Professor Tartarelin saß auf dem Fußboden, und Professor Tartarelins Frau saß vor ihm und nähte dem Professor mit einem rosa Seidenfaden das Ohr an. Der Professor hielt eine Schere in der Hand und zerschnitt das Kleid über dem Bauch seiner Frau. Als der nackte Bauch zum Vorschein kam, rieb der Professor ihn mit der flachen Hand sauber und schaute hinein wie in einen Spiegel.

– Wo nähst du es hin? Siehst du denn nicht, daß das eine Ohr höher sitzt als das andere? – sagte der Professor.

Die Frau trennte das Ohr wieder ab und begann, es ein zweites Mal anzunähen.

Der nackte Frauenbauch heiterte den Professor sichtlich auf. Seine Schnurrbartenden stellten sich auf, und die Äuglein begannen zu lächeln.

– Katjenka, – sagte der Professor, – laß das, näh das Ohr nicht irgendwo an der Seite an, näh es mir lieber auf die Backe.

Katjenka, die Frau des Professors Tartarelin, trennte das Ohr geduldig ein zweites Mal ab und schickte sich an, es dem Professor auf die Wange zu nähen.

– Ach, kitzelt das. Ha-ha-ha, das kitzelt! – lachte der Professor, doch plötzlich, als er der beiden Polizisten auf der Schwelle ansichtig wurde, verstummte er und wurde ernst.

POLIZIST SERËŽA Wo ist hier das Opfer?

POLIZIST VOLODJA Wem ist hier ein Ohr abgebissen worden?

PROFESSOR *im Aufstehen* Meine Herren! Ich, ein Mensch, der Gott sei Dank nun schon 56 Jahre lang die Wissenschaften studiert, mische mich nicht in fremde Angelegenheiten. Wenn Sie der Meinung sind, mir sei ein Ohr abgebissen worden, so irren Sie sich gewaltig. Wie Sie sehen, sind meine beiden Ohren heil und unversehrt. Ich gebe zu, das eine sitzt auf der Wange, aber das war mein freier Wille.

POLIZIST SERËŽA Tatsächlich, beide Ohren sind an Ort und Stelle.

POLIZIST VOLODJA Bei meinem Vetter sind die Augenbrauen unter der Nase angewachsen.

POLIZIST Nicht die Augenbrauen, der Schnurrbart.

KARABISTER Fasfalakat.

PROFESSOR Die Sprechstunde ist zu Ende.

FRAU PROFESSOR Zeit zum Schlafengehen.

ANDREJ SEMËNOVIČ *tritt ein* Halb zwölf.

DIE POLIZISTEN *im Chor* Gute Nacht.

ECHO Schlafen Sie süß.

Der Professor legt sich auf den Fußboden, die übrigen legen sich ebenfalls hin und schlafen ein.

TRAUM

Leise rauscht der Ozean
Steile Klippen drohn au weia
Leise strahlt der Ozean
Menschen liegen in der Heia
Leise laufen übers Meer
Weiße Elefanten der Angst
Schlüpfrig glatt die Fische singen
Sterne falln vom Mond herab

Schwächlich steht ein kleines Haus
Angelweit die Türen offen
Warme Öfen es verspricht
Drinnen döst ein Polizist.
Auf dem Dach schläft eine Alte
Frau auf ihrer krummen Nase
Rauschet leis im Wind ein Ohr
Flattern Haare ringsumher
Und im Baum ein Kuckuck sitzt
Schaut mit Brille in den Norden
Schau nicht lieber Kuckuck mein
Ganze Nächte in den Norden
Dort ist Wind der Karabister
Der die Zeit in Zahlen hütet
Und der Habicht Ruckrr wustrr
Der auf frische Beute lauert.

PËTR PAVLOVIČ Jemand schläft im Dustern hier
Tastend ahn ich Tisch und Stuhl
Stoße gegen die Kommode
Seh den Bergamottenbaum
Pflücke flugs die Birnen ab.
Was zum Teufel! das sind Ohren!
Wehe! laufe ich nach rechts
Steht vor mir ein Eichenwald
Laufe ich zurück und quer
Stoß ich gegen ein Skelett
Knie knicken ein Nicht weiter
Denke Tür – es ist der Ofen
Spring nach links – das ist das Bett
Hilfe! Helft mir!...

PROFESSOR *wacht auf* Hu, mir war, als hätt...

ANDREJ SEMËNOVIČ *springt auf* Ouff! Ich habe geträumt, man hätte uns allen die Ohren abgerissen. *Er macht Licht.*

Wie sich herausstellt, waren, während alle schliefen, Pëtr Pavlovič eingetreten und hatten allen die Ohren abgeschnitten.

A n m e r k u n g d e s P o l i z i s t e n S e r ë ž a:
– Der Traum ist in Erfüllung gegangen.

[April 1929]

. . .

Es ging eine Straßenbahn, die unter dem Schein zweier Laternen einen Frosch versteckte. In ihrem Inneren ist alles zum Sitzen und zum Stehen eingerichtet. Makellos sei ihre Schlange und die Leute, die in ihr sitzen, wie auch die Leute, die zum Ausgang gehen. Unter ihnen begegnet man Tieren mancherlei Inhalts. Auch diejenigen, für die im Wagen der Platz nicht reichte, steigen in einen anderen Wagen. Aber hol sie doch alle der Teufel. Es geht nämlich darum, daß ein feiner Regen ging, aber nicht sofort klar wurde: war es ein Regen, war es ein Wanderer. Untersuchen wir dies im einzelnen: danach zu urteilen, daß, wenn man in der Jacke dasteht, diese binnen kurzer Zeit durchnäßt ist und am Körper klebt, – ging ein Regen. Aber danach zu urteilen, daß über dem Ruf: »Wer geht da?« im ersten Stockwerk ein Fenster aufgeht, in ihm ein Kopf erscheint, der wem auch immer gehören mag, nur keinem Menschen, der bis zu der Wahrheit vorgedrungen wäre, daß Wasser die Gesichtszüge erfrischt und veredelt, und wütend zurückbellt: »Dir ziehe ich gleich das hier (und bei diesen Worten erscheint in dem Fenster etwas, das Ähnlichkeit mit einem Kavalleriestiefel und einer Axt zugleich hat) zweimal drüber, dann weißt du es sofort!« – danach zu urteilen, ging eher ein Wanderer, wenn nicht gar ein Obdachloser; auf jeden Fall befand sich ein solcher irgendwo in der Nähe, möglicherweise hinter dem Fenster.

. . .

Schauen wir durchs Fenster: dort sehen wir Schienen, die in die eine und in die andere Richtung führen. In den Schienen fahren Straßenbahnen. In den Straßenbahnen sitzen Menschen und zählen an den Fingern ab, wieviel Fuß sie gefahren sind, denn der Fahrpreis wird nach Fuß bemessen. Jetzt schauen wir durchs Fernrohr: dort bemerken wir ein kleines Plättchen, mal hell, mal dunkel. Herrschaften, das ist kein Plättchen, sondern eine Kugel.

Zu dieser Zeit standen auf dem Wandbrett drei Gegenstände: eine Karaffe, ein Feuerball und ein Mensch mit dunkelblauer Krawatte.

Die Karaffe sagte: Herrschaften, schauen wir doch auf das beutsche Land.

– Wohin? – fiel der Feuerball zu Boden.

– Auf die Kugel, die im Fernrohr zu sehen ist, – *sagte die Karaffe.* – Diese Kugel ist die Erde.

Alle drei verfielen in Schweigen, und niemand ging an ihnen vorüber, noch ritt oder flog jemand vorüber.

Die Karaffe sagte:

– O Em! O Me! O Mensch! Sage mir, wie lebt es sich bei euch? Was macht man so bei euch?

Der Mensch sagte, indem er den Mund öffnete:

– Ich bin ein Mensch von der Erde. Ihr wißt das alle. Ich bin kein Beutscher. In bin Nachbar der Beutschen – ich bin Russe.

– Ich heiße Grigorjev. Wollt ihr, daß ich euch alles erzähle?

Aus dem Wasser kamen drei Bauern, stampften mit den Füßen auf und riefen:

– Bitte! Bitte!

Der Mensch begann:

– Ich komme also in die Kooperative und sage: »Geben

Sie mir diese Büchse Sprotten.« Und man sagt mir: »Sprotten gibt es nicht, das sind leere Büchsen.« Ich sage zu ihnen: »Und wozu müßt ihr uns für dumm verkaufen?« Da bekomme ich zur Antwort: »Das ist nicht unsere Schuld.« – »Wessen denn dann?« – »Schuld ist der Mangel an Lebensmitteln, weil die Krigisen alles Hornvieh weggetrieben haben.« – »Und Gemüse?« – fragte ich – »Gibts es auch keins. Ausverkauft.«
Schweige, Grigorjev.
Der Mensch schloß seine Erzählung:

Ich Grigorjev also schwieg
seitdem trage ich ein Fernrohr
schaue in die Röhre schaue
seh der Zukunft Schornstein rauchen.

Aus

[März] 1930

...

I

Eine Fliege schlug gegen die Stirn eines vorüberlaufenden Herrn, flog ihm durch den Kopf und trat im Genick wieder aus. Der Herr, mit Namen Dernjatin, war überaus verblüfft: ihm war, als habe etwas in seinem Gehirn gepfiffen und als sei ihm im Genick ein Häutchen geplatzt, an welcher Stelle es ihn jetzt kitzelte. Dernjatin blieb stehen und dachte: »Was könnte das bedeuten? Ich habe doch ganz deutlich in meinem Gehirn ein Pfeifen gehört. Aber es kommt mir einfach nichts in den Sinn, das mir verstehen hülfe, was es wohl war. Auf jeden Fall eine höchst seltene Wahrnehmung, etwas wie eine Erkrankung des Kopfes. Aber ich will nicht weiter darüber nachdenken, sondern lieber weiterlaufen.« Damit lief Herr Dernjatin weiter, aber je weiter er auch lief, eine Wiederholung gab es nicht. Auf der blauen Straße vertrat sich Dernjatin den Fuß und wäre beinahe gefallen, er mußte sogar mit den Armen in der Luft balancieren. »Gut, daß ich nicht gefallen bin, – dachte Dernjatin, – sonst wäre mir die Brille zerbrochen und ich hätte den Verlauf der Straße nicht mehr sehen können.« Weiter ging Dernjatin im Schritt, auf seinen Spazierstock gestützt. Indessen folgte eine Gefahr der anderen auf dem Fuße. Dernjatin hob an ein Liedchen zu singen, um seine finsteren Gedanken zu zerstreuen. Das Lied war lustig und harmonisch, so daß sich Dernjatin mitreißen ließ und darüber vergaß, daß er die blaue Straße entlangging, auf der um diese Tageszeit mit schwindelerregender Schnelligkeit Automobile fuhren. Die blaue Straße war sehr eng, und vor den Automobilen zur Seite zu springen war ziemlich schwierig. Deshalb galt sie ja als gefährlich. Vorsichtige Menschen gingen die blaue Straße immer in

Todesängsten. Hier lauerte der Tod auf jedem Schritt und Tritt, mal in Gestalt eines Automobils, mal in Gestalt eines Lastwagens, mal in Gestalt eines Fuhrwerks mit Steinkohle. Noch hatte sich Dernjatin nicht schneuzen können, als schon ein riesengroßes Automobil auf ihn zuraste. Dernjatin rief: »Ich sterbe!« und sprang zur Seite. Das Gras teilte sich vor ihm, und er fiel in einen feuchten Graben. Das Automobil fuhr donnernd vorüber, über dem Dach hatte es die Flagge des Notstands gehißt. Die Insassen des Automobils waren davon überzeugt, daß Dernjatin verunglückt sei, und nahmen deshalb die Kopfbedeckung ab und fuhren barhäuptig weiter. »Haben Sie nicht gesehen, unter welche Räder dieser Passant geraten ist, unter die Vorder- oder die Hinterräder?« – fragte ein Herr, der einen Muff trug, d.h. eigentlich keinen Muff, sondern eine Kapuze. »Ich habe mir, – sagte dieser Herr immer wieder, – die Wangen und Ohrläppchen furchtbar erkältet, deshalb gehe ich immer in dieser Kapuze.« Neben dem Herrn saß in dem Automobil eine Dame mit einem interessanten Mund. »Ich fürchte, – sagte die Dame, – man wird uns unter Mordanklage stellen wegen dieses Passanten.« – »Was? was?« – fragte der Herr und schob die Kapuze vom Ohr. Die Dame wiederholte ihre Befürchtung. »Nein, – sagte der Herr mit der Kapuze, – Mord wird nur in den Fällen bestraft, wenn der Ermordete aussieht wie ein Kürbis. Wir doch nicht. Wir doch nicht. Wir sind unschuldig am Tode dieses Passanten. Er selbst hat gerufen: ›Ich sterbe!‹ Wir sind lediglich Zeugen seines plötzlichen Todes.« Madame Anette lächelte mit ihrem interessanten Mund und sagte zu sich selbst: »Anton Antonovič, Sie ziehen sich immer geschickt aus der Affäre.« – Herr Dernjatin lag unterdessen im feuchten Graben, Arme und Beine von sich gestreckt. Und das Automobil war längst weitergefahren. Da begriff Dernjatin, daß er gar nicht gestorben war. Der Tod in Gestalt des Automobils war an ihm vorübergegangen. Er stand auf, reinigte seinen Anzug mit dem Ärmel, befeuchtete die Fingerspitzen mit Speichel und ging die blaue Straße weiter, um Zeit einzuholen.

2

Die Familie Rundadar lebte in einem Hause am stillen Flusse Svirečki. Vater Rundadar, Platon Iljič, liebte Kenntnisse in den hohen Wissenschaften: der Mathematik, der dreifaltigen Philosophie, der Geographie von Edem, er liebte die Bücher des Vintivek, die Lehre von den Todestrieben und die Himmelshierarchie des Dionisius Aeropagita waren seine Lieblingswissenschaften. Die Tür des Hauses Rundadar stand allen Wanderern offen, die die heiligen Punkte unseres Planeten besucht hatten. Erzählungen von fliegenden Bergen, wie sie die Stromer von Nikitskie Sloboda mitbrachten, begegnete man im Hause Rundadar mit lebhaftem und gespanntem Interesse. Platon Iljič bewahrte lange Listen mit Einzelheiten von den Flügen großer und kleiner Berge auf. Von all diesen Flügen unterschied sich vor allem der Flug des Kapustinschen Berges. Bekanntlich hatte der Kapustinsche Berg nachts abgehoben, gegen 5 Uhr, wobei er eine Zeder mit der Wurzel ausriß. Von der Abflugstelle stieg der Berg nicht in sichelförmiger Flugbahn in den Himmel, wie alle anderen Berge, sondern in gerader Linie, die erst in der Höhe von 15–16 Kilometern über dem Erdboden geringen Schwankungen unterlag. Auch der Wind, der gegen den Berg wehte, flog durch ihn hindurch, ohne ihn von seinem Wege abzubringen. So als habe der Berg, der aus Kieselstein bestand, die Eigenschaft der Undurchlässigkeit verloren. So zum Beispiel flog eine Dohle durch den Berg. Sie flog durch ihn hindurch wie durch eine Wolke. Dies haben mehrere Augenzeugen bestätigt. Zwar widersprach dies den Gesetzen der fliegenden Berge, aber Faktum bleibt Faktum, und Platon Iljič trug es in die Liste der Einzelheiten des Kapustinschen Berges ein. Täglich versammelten sich bei den Rundadars Ehrengäste und berieten über Gesetzmäßigkeiten der alogischen Kette. Unter den Ehrengästen waren: der Professor für Eisenbahnen Michail Ivanovič Dundukov, der Abt Mirinos II. und der Plecharisiast Stefan Dernjatin. Die Gäste versammelten sich im unteren Salon, setzten sich an einen langen Ausziehtisch, auf den Tisch wurde ein gewöhnlicher Trog mit Wasser gestellt. Während ihrer Unterhaltung spuckten die Gäste in den Trog: so war es Sitte in der Familie Rundadar. Platon Iljič saß mit einer kleinen Knute in der Hand. Von Zeit zu Zeit befeuchtete er sie in dem Wasser und schlug damit auf einen leeren Stuhl. Das hieß »mit dem Instrument Lärm machen«. Um neun Uhr erschien Platon Iljičs Frau, Anna Maljaevna, und geleitete die Gäste zu Tisch. Die Gäste aßen flüssige und feste Speisen, danach krochen sie auf allen Vieren zu Anna Maljaevna, küßten ihr das Händchen und setzten sich zum Tee. Beim Tee erzählte Abt Mirinos II. einen Fall, der sich vor 14 Jahren ereignet hatte. Er, der Abt, saß einmal auf den Stufen vor seinem Hause und fütterte die Enten. Plötzlich kam eine Fliege aus dem Haus geflogen und schlug dem Abt vor die Stirn. Sie schlug ihm gegen die Stirn und flog durch seinen Kopf hindurch, trat im Genick wieder aus und flog ins Haus zurück. Der Abt blieb auf der Treppe mit einem glückseligen Lächeln sitzen, denn er hatte endlich mit eigenen Augen Das Wunder gesehen. Die übrigen Gäste schlugen, nachdem sie Mirinos II. angehört hatten, mit dem Teelöffel gegen Lippen und Adamsapfel, zum Zeichen dessen, daß der Abend beendet sei. Anna Maljaevna verließ den Raum, und der Herr Plecharisiast hielt eine Rede zum Thema »Die Frau und die Blumen«. Es kam auch vor, daß einige Gäste über Nacht blieben. Dann wurden einige Schränke verrückt, und auf die Schränke gebettet wurde Mirinos II., Prof. Dundukov schlief im Eßzimmer auf dem Konzertflügel, während Herr Dernjatin zu Rundadars Dienstmädchen Maša ins Bett schlüpfte. In der Mehrzahl der Fälle jedoch gingen die Gäste nach Hause. Platon Iljič persönlich schloß hinter ihnen die Tür ab und ging zu Anna Maljaevna. Auf dem Flusse Svirečki ruderten, Lieder singend, die Nikitinschen Fischer. Und unter dem Gesang der Fischer schlief die Familie Rundadar ein.

3

Herr Dernjatin kroch aus dem Graben und ging die blaue Straße, um die verlorene Zeit einzuholen. Die Lebensgefahr nahm mehr und mehr ab infolge dessen, daß auf diesem Straßenabschnitt weniger Verkehr war. Herr Dernjatin kam als Gast zu den bewußten Rundadars. Im Salon Rundadars waren bereits alle vollzählig versammelt. In dem Trog mit Wasser schwamm ein Papierschiff. Mirinos II. hatte eine blaue Mütze auf dem Kopf. Professor Dundukov saß mit aufgekrempelten Ärmeln da. Platon Iljič schwenkte die Peitsche. Herr Dernjatin setzte sich an den Tisch, spuckte in den Trog und...

4

»Heute möchte ich Ihnen die von mir gesammelten Materialien über den dreifaltigen Aufbau der Welt und aller Dinge erläutern«, – sagte Platon Iljič Rundadar zu den versammelten Gästen. Es fehlte nur der Plecharisiast Dernjatin. Dafür saß Michail Ivanovič Dundukov da und blähte die Backen auf. »Ich weiß, – sagte Abt Mirinos II., – alle Dinge gleichen einem dreistöckigen Haus, und die Welt – das sind die drei Stufen zu Gottes Herberge.« – »Aber dann sagen Sie mir, worin besteht die Dreiteilung bei einem Stuhl? oder einem Tisch? oder hier bei diesem Trog?«

5
Platon Iljič Rundadar blieb in der Tür seines Eßzimmers stecken. Er stemmte sich mit den Ellenbogen gegen die Pfosten, wuchs mit den Füßen auf der hölzernen Schwelle an, riß die Augen auf und stand da.

6
Herr Dernjatin, der bekannte Plecharisiast, beschloß, mitten in der Stadt Petersburg eine echte Pyramide zu errichten. Erstens kann man auf dieser Pyramide besser sitzen als auf dem Hausdach, und zweitens kann man in einer Pyramide ein Zimmer einrichten und dort sogar schlafen.

. . .

Ich möchte Ihnen einen Vorfall erzählen, der sich mit einem Fisch ereignet hat, oder eigentlich, genauer, nicht mit einem Fisch, sondern mit einem Menschen namens Patrulëv, oder eigentlich, noch genauer, mit Patrulëvs Tochter.

Beginnen wir direkt bei der Geburt. A propos Geburt: bei uns wurde auf dem Fußboden entbunden... Oder erzählen wir das lieber später.

Offen gesagt:

Patrulëvs Tochter wurde an einem Sonnabend geboren. Bezeichnen wir diese Tochter mit dem lateinischen Buchstaben M. Nachdem wir diese Tochter mit dem lateinischen Buchstaben M bezeichnet haben, stellen wir fest:

1. Zwei Arme, zwei Beine, besondere Anzeichen keine.
2. Die Ohren verfügen über dasselbe wie die Augen.
3. Laufen ist ein Zeitwort, das auf Fuß lautet.
4. Fühlen ist ein Zeitwort, das auf Hand lautet.
5. Einen Schnurrbart haben kann nur ein Sohn.
6. Mit dem Hinterkopf kann man nicht sehen, was an der Wand hängt.

17. Beachten Sie, daß nach der sechs die siebzehn kommt.

Um das Bild aufzufüllen, merken wir uns diese siebzehn Postulate.

Jetzt stützen wir uns mit der Hand auf das fünfte Postulat und sehen nach, was das ergibt.

Wenn wir uns auf das fünfte Postulat mit einem Handwagen stützen würden oder mit Zucker oder mit einem naturfarbenen Band, so müßte man sagen: ja, und noch etwas.

Aber in Wirklichkeit stellen wir uns vor, und der Einfachheit halber vergessen wir auch gleich, was wir uns soeben vorgestellt haben.

Sehen wir jetzt nach, was das ergibt.
Sie sehen hierhin, ich dagegen sehe hierhin, und das ergibt, daß wir beide dorthin sehen.
Oder, genauer gesagt, ich sehe dorthin, und Sie sehen in die andere Richtung.
Machen wir uns jetzt klar, was wir sehen. Dazu ist vollkommen ausreichend, daß man sich im einzelnen klarmacht, was ich sehe und was Sie sehen.
Ich sehe die eine Hälfte des Hauses, und Sie sehen die andere Hälfte der Stadt. Nennen wir das der Einfachheit halber Hochzeit.
Gehen wir jetzt zu Patrulëvs Tochter über. Ihre Hochzeit war, nun, sagen wir, dann und dann. Wenn die Hochzeit früher gewesen wäre, so würden wir sagen, die Hochzeit hätte vor der Zeit stattgefunden. Wenn die Hochzeit später gewesen wäre, so würden wir sagen »Volna«, weil die Hochzeit später stattgefunden hätte.
Alle siebzehn Postulate oder sogenannten Federn liegen vor.
Gehen wir jetzt zum Weiteren über.

Das Weitere ist dicker als das Voraufgegangene.
Der Wels ist dicker als ein Petroleumkocher.
Dicker als die Zwiebel ist die Meeresschraube.
Das Buch ist dicker als das Heft,
und Hefte sind dicker als ein Heft.
Das ist ein Tisch, er ist dicker als das Buch.
Das ist die Decke, sie ist dicker als der Fußboden.
Dieser Tisch ist dicker als das Voraufgegangene,
und das Voraufgegangene ist länger als die Zwiebel.
Die Zwiebel ist kleiner als der Kamm,
wie auch die Mütze kleiner als das Bettchen ist,
in dem man unterbringen kann
die Bücherkiste.

Aber die Kiste
ist tiefer als die Mütze.
Die Mütze ist weicher
als die Meeresschraube.
Aber die Biene ist schärfer als der Ball.
Gleichermaßen schön
ist das, was hier auf dieser
wie auf jener Seite des Zauns wächst.
Dennoch ist das Buch biegsamer als die Suppe,
das Ohr biegsamer als das Buch.
Die Suppe ist flüssiger und fetter als der Kienspan
und schwerer als der Schlüssel.

Vereinigung
Haus mit Schnabel.
Kind mit Tatar.
Schiffsbaumeister im Petroleum.
Teller ohne Haare.
Krähe zwischen durchgehende Zahlen.
Pelz mit Krachen mit Namen Fofa.
Kolja in auswegloser Lage.
Rumäne aus dem Römertopf.
Der Engel Eršov.

Überlegung
Das ist keine Schmiede, sondern ein Eimer.
Das ist kein Reis, sondern ein Lineal.
Das ist kein Handschuh, sondern der Lagerverwalter.
Das ist kein Auge, sondern ein Knie.
Das bin ich nicht, der kam, sondern du.
Das ist kein Wasser, sondern Tee.
Das ist kein Nagel, sondern eine Schraube.
Und eine Schraube ist kein Nagel.
Fell ist keine Farbe.

Ein Mensch mit einem Arm ist kein Zimmer mit einem Fenster.
Pantoffeln sind keine Fingernägel.
Pantoffeln sind keine Nieren.
Genauso wenig wie Nasenlöcher.

Schlußfolgerungen
Die Tochter Patrulëvs des Vaters ist Patrulëvs Tochter.
Das heißt, auch Tochter Patrulëva ist Vater Patrulëvs Tochter.
Wenn das so ist, so ist auch Patrulëva Vaters Tochter.
Das heißt, auch die Tochter des Vaters Patrulëv.
Das ist die Tochter, und das der Vater Patrulëv.
Tochter Patrulëva, Vater Patrulëv.
Das heißt, der Vater der Patrulëva Tochter heißt Patrulëv.
Und niemand wird sagen, er heiße Petuchov.
Das wäre widernatürlich.

Patrulëvs Tochter ist unsere Tochter.

[1930]

BUBNOV

1

Einmal ging Andrej Vasiljevič die Straße entlang und verlor seine Uhr. Bald darauf starb er. Sein Vater, ein buckliger älterer Mann, saß die ganze Nacht im Zylinder und preßte in der linken Hand das Spazierstöckchen mit dem hakenförmigen Griff. Verschiedene Gedanken besuchten seinen Kopf, unter anderen auch der: das Leben ist eine Schmiede.

2

Der Vater von Andrej Vasiljevič mit Namen Grigorij Antonovič oder, genauer, Vasilij Antonovič umarmte Marija Michajlovna und nannte sie seine Herrscherin. Sie jedoch blickte stumm und voller Hoffnung nach vorn und nach oben. Und da beschloß der grindige Bucklige Vasilij Antonovič, seinen Buckel zu beseitigen.

3

Zu diesem Zweck setzte Vasilij Antonovič sich in den Sattel und ritt zu Professor Mamaev.

Professor Mamaev saß in seinem Garten und las in einem Buch. Alle Bitten Vasilij Antonovičs beantwortete Professor Mamaev mit dem einen Satz: das hat Zeit.

Da ging Vasilij Antonovič und legte sich in die chirurgische Abteilung.

4

Die Operation begann. Aber sie endete mit einem Mißerfolg, weil eine barmherzige Schwester ihr Gesicht mit einem karierten Lappen bedeckt hatte, so daß sie nichts sah und die nötigen Instrumente nicht zureichen konnte. Und der Heilgehilfe hatte sich Mund und Nase verbun-

den, so daß er nicht atmen konnte und gegen Ende der Operation erstickte und tot zu Boden fiel.
Das Unangenehmste aber war, daß Professor Mamaev in der Eile vergessen hatte, das Laken von dem Patienten wegzuziehen, und ihm anstelle des Buckels etwas anderes wegschnitt, – anscheinend den Hinterkopf. Während er den Buckel mit seinen chirurgischen Messern nur berührte.

5
Wieder zu Hause, konnte Vasilij Antonovič so lange keine Ruhe finden, bis die Spanier ins Haus eindrangen und der Köchin Andrjuška den Hinterkopf abhackten.

6
Nachdem er seine Ruhe wiedergefunden hatte, ging Vasilij Antonovič zu einem anderen Arzt, und der entfernte ihm den Buckel schnell.

7
Danach ging alles sehr einfach. Marija Michajlovna ließ sich von Vasilij Antonovič scheiden und heiratete Bubnov.

8
Bubnov liebte seine neue Frau nicht. Kaum hatte sie einmal das Haus verlassen, kaufte Bubnov sich einen neuen Hut und grüßte damit dauernd seine Nachbarin Anna Moiseevna. Aber auf einmal brach Anna Moiseevna sich einen Zahn ab und machte vor Schmerzen den Mund sehr weit auf. Bubnov verfiel in Nachdenken über seine Biographie.

9
Bubnovs Vater mit Namen Fy hatte sich verliebt in Bubnov Mutter mit Namen Chnju. Einmal saß Chnju auf

einer Steinplatte und pflückte Pilze, die an ihrem Rande wuchsen.
Aber Fy sagte unverhofft: »Chnju, ich will, daß uns ein Bubnov geboren wird.« Chnju fragte: »Ein Bubnov? Ja, ja?« – »Sehr wohl, Euer Durchlaucht«, – antwortete Fy.

10
Chnju und Fy setzten sich nebeneinander und dachten an verschiedene komische Dinge und lachten sehr lange.

11
Schließlich gebar Chnju Bubnov.

16.–31. März 1931

SZENEN UND DIALOGE

. . .

ELENA IVANOVNA Was sagt man dazu, Fadej Ivanovič, dauernd regnet es.

PAPAŠA Sagen Sie das nicht, Elena Ivanovna, die ganze Mahd verfault.

ELENA IVANOVNA Wir sitzen im Warmen und haben ein Dach überm Kopf, aber wer jetzt draußen sein muß? Wie?

PAPAŠA Wehe dem unbehausten Wanderer.

ELENA IVANOVNA Soll ich Ihnen Tee nachschenken?

PAPAŠA Gieß mir noch ein halbes Gläschen ein.

Pause. Papaša hat den Tee getrunken und ist eingeschlafen.

ELENA IVANOVNA Und Olga schreibt nicht.

PAPAŠA *murmelt etwas.*

ELENA IVANOVNA Sie schreibt nicht und schreibt nicht.

PAPAŠA Wie wer schreibt nicht?

ELENA IVANOVNA Ich sage, Olga schreibt nicht.

PAPAŠA Was heißt welche Olga?

ELENA IVANOVNA Na Olga! Wie, du kennst Olga nicht?

PAPAŠA Ach, Olga? Na, und was ist mit ihr?

ELENA IVANOVNA Na, sie schreibt nicht, sage ich.

PAPAŠA O je o je.

RACHTANOV *kommt vorbei* Und Sergej hat Olga einen Heiratsantrag gemacht. *Geht ab.*

ELENA IVANOVNA Sergej, was? Und sie? *Zu Papaša.* Hast du das gehört?

PAPAŠA Was?

ELENA IVANOVNA Sergej! Einen Heiratsantrag!

PAPAŠA Na, und er?

ELENA IVANOVNA Er – Olga.

PAPAŠA Die nicht schreibt?

ELENA IVANOVNA In die Ehe eintreten.

Papaša O je o je o je.

Elena Ivanovna Was für eine Verwirrung.

Rachtanov Kolja hat das Metallsofa verkauft. So.

Elena Ivanovna Halt halt wie das?

Papaša *schnell* Entsetzlich entsetzlich was für eine Katastrophe sie haben das Metallsofa verkauft.

Elena Ivanovna Da vertraut man ihnen ein Metallsofa an, und sie haben nichts Eiligeres zu tun als es zu verkaufen.

Rachtanov *kommt vorbei und klatscht vorher und nachher in die Hände* Und Kolja hat am Dienstag das Haus aufgegessen.

Elena Ivanovna Auch das noch.

22. Mai 1929

...

TETERNIK *kommt herein und begrüßt die Anwesenden* Guten Tag! Guten Tag! Guten Tag! Guten Tag!

KAMUŠKOV Pünktlich sind Sie ja nicht gerade. Wir warten schon ziemlich lange auf Sie.

GREK Ja, ja, ja. Wir warten schon lange.

LAMPOV Also sag, warum kommst du so spät?

TETERNIK *schaut auf die Uhr* Komme ich denn zu spät? Ja, übrigens, ja... Also gut!

KAMUŠKOV Schön. Ich fahre fort.

GREK Ja, ja, ja. Wirklich, weiter.

Alle setzen sich an ihre Plätze und verstummen.

KAMUŠKOV Ohne mehrmals von ein und demselben zu reden, will ich sagen: wir müssen einen Namen finden.

GREK und LAMPOV Hört hört!

KAMUŠKOV *äfft sie nach* Hört hört! Jawohl, wir müssen einen Namen finden. Grek!

Grek steht auf.

KAMUŠKOV Was hast du für einen Namen gefunden?

GREK »Nüwürsütät.«

KAMUŠKOV Der paßt nicht. Überleg doch selbst, was soll das für ein Name sein? Klingt nach nichts, bedeutet nichts, ist dumm. – Wie stehst du eigentlich da? Stell dich hin, wie es sich gehört! – Also, jetzt sag mal: warum hast du diesen dummen Namen vorgeschlagen?

GREK Ja, ja, ja. Er paßt wirklich nicht.

KAMUŠKOV Du siehst es selber ein. Hinsetzen. – Leute, wir müssen einen guten Namen finden. Lampov!

Lampov steht auf.

KAMUŠKOV Was schlägst du für einen Namen vor?

LAMPOV Mein Vorschlag: »Krakowiak«, oder »Studen«, oder »Mein Teuch«. Was? gefällt euch nicht? Na dann: »Der Gipfel von allem«, »Der Glyzerinvater«, »Mörser und Kerze«.

KAMUŠKOV *winkt ab* Hinsetzen! Hinsetzen!

26. Dezember 1929

. . .

Es geht ein langer Mann und spielt Harmonika
ihm folgen vier und hören schweigend zu
doch weiter geht der Musikant und läßt die
Finger tanzen
und weiter folgen ihm die vier wie Tote schon
ein Zauberer ist er spielt immer nur das Eine
er geht zum Park die vier auch dort ihm folgen
Ich auf dem Bänkchen sitze höchstens einen
Monat
du auf dem Bänkchen sitzest bis zur Butter-
woche
er auf dem Bänkchen sitzt vier Feiertage lang
wir auf dem Bänkchen sitzen nah dem Flüßchen
ihr auf dem Bänkchen sitzt am Flüßchen etwas
weiter weg
sie alle sitzen wie man sieht sie ruhen aus
zu ihren Häupten Schmetterlinge
zu ihren Häupten Brettermücken flattern

Die Gäste treffen ein.

VIERTER GAST Der Brei ist serviert.

GAST MIT FÄCHER Wen soll ich küssen, die Gastgeberin oder den Gastgeber?

DER KRÄTZEKRANKE GAST Ach du lieber Gott! ich habe meine Ärmel nicht dabei!

TATJANA NIKOLAEVNA Che-che, ich habe heute so viel Mehl im Mund zusammengeschwafelt, daß ich beinahe daran erstickt wäre.

ONKEL VANJST O weh, die Jugend ist dahin!

GASTGEBER

Kommt meine Gäste an die Quelle
Hier ist der Quark und hier die Kelle

Hier habt ihr Salz und hier die Grippe
Hier habt ihr Nägel. Nehmt die Schippe.
Ach bin ich heiser.

GÄSTE Wir wollen nichts zu essen, tanzen wollen wir!

GASTGEBERIN Musiker! Eins! Zwei!... drei!

Die Musiker springen mit Anlauf ins Wasser.

GASTGEBERIN Oh, so war das nicht gemeint.

DER KRÄTZEKRANKE GAST Was, wir sollen baden?

ACHT GÄSTE IM CHOR Ja, wir auch, ja wirklich!

ACHT DAMEN IM CHOR Ja, wir auch, ja wirklich!

FÜRSTIN MANKA-DUNKA Ich, meine Herrschaften, habe überall Sommersprossen, sonst wäre ich eine Schönheit. Ehrenwort!

GAST FEDOR Che-che, mit Vergnügen.

SOLDAT IN TURNHOSE Gestatten Sie, Fürstin Manka-Dunka, daß ich Ihnen diesen Strauß Blumen überreiche.

GAST FEDOR Oder hier diesen Taschenkamm.

SOLDAT IN TURNHOSE Oder hier dieses Stäubchen.

GÄSTE Ruhe! Ruhe! Zuhören! Gleich erzählt Ihnen Onkal Vanjst eine Anekdote.

ONKEL VANJST *klettert auf einen Stuhl* Ich habe in einem französischen Buch eine Anekdote gelesen. Soll ich sie Ihnen erzählen?

GÄSTE O ja, ja!

TATJANA NIKOLAEVIČ Unbedingt!

ONKEL VANJST Ein kleines Mädchen brachte seinem armen Mütterlein ein Stück Pirogge mit Kohl und Zwiebeln. Die Pirogge war in reiner Tafelbutter gebacken und mit Kümmel bestreut.

GÄSTE Oh, ho-ho-ho-ho! Zum Totlachen! Ich kann nicht mehr!

ONKEL VANJST Halt, das war noch nicht alles, die Geschichte geht noch weiter! Auf das Mädchen tritt ein guter Herr zu und schenkt ihm ein Goldstück und sagt: hier, Mädchen, hast du ein Goldstück, bring es deinem armen Mütterlein.

GÄSTE Ha-ha-ha! Hervorragend! Die hat er drangekriegt!

ONKEL VANJST Und das Mädchen, stellen Sie sich vor, es sagt: ich bin Wäscherin.

GÄSTE Ha-ha-ha!

ONKEL VANJST Und er gute Herr zieht ein Klavier aus der Tasche.

GÄSTE Ha-ha-ha-ha.

FÜRSTIN MANKA-DUNKA Oh, ich kann nicht mehr, ich habe sogar schon Zahnschmerzen vor Lachen. Ehrenwort!

GASTGEBER So, und jetzt gehen wir alle schön nach Hause.

GASTGEBERIN Auf Wiedersehen, auf Wiedersehen, meine lieben Gäste!

GÄSTE Auf Wiedersehen, auf Wiedersehen. Wir gehen jetzt und stecken das Haus in Brand.

GASTGEBERIN Ach du heilige Mutter Gottes!

GASTGEBER Da hast du den Salat!

DERBANTOVA *läuft im Garten umher und tippt mit dem Finger in alle Richtungen* Tick! Tick! Tick!

KUKUŠIN-DERGUŠIN Irgendwie, Anna Pavlovna, sind Sie heute ganz außer Rand und Band.

DERBANTOVA Tick! Tick! Tick!

KUKUŠIN-DERGUŠIN Anna Pavlovna!

DERBANTOVA *bleibt stehen* Was ist?

KUKUŠIN-DERGUŠIN Ich sage, Sie, Anna Pavlovna, sind ganz außer Rand und Band.

DERBANTOVA Nein.

KUKUŠIN-DERGUŠIN Was nein?

DERBANTOVA Ich bin nicht außer Rand und Band.

KUKUŠIN-DERGUŠIN Wie darf ich das verstehen?

DERBANTOVA Ich bin einfach nicht außer Rand und Band!

KUKUŠIN-DERGUŠIN Merkwürdig.

DERBANTOVA Sehr.

KUKUŠIN-DERGUŠIN *nach einer Pause des Nachdenkens* Anna Pavlovna!

DERBANTOVA Was ist?

KUKUŠIN-DERGUŠIN Sehen Sie, Anna Pavlovna, Sie sind nicht mehr jung, ich bin es auch nicht.

DERBANTOVA Ich bin jünger als Sie.

KUKUŠIN-DERGUŠIN Nun ja, natürlich sind Sie jünger!

DERBANTOVA Eben-eben.

KUKUŠIN-DERGUŠIN *verneigt sich ins Publikum* Der erste Akt ist beendet.

DERBANTOVA Beginnen wir jetzt mit dem zweiten.

KUKUŠIN-DERGUŠIN Beginnen wir!

DERBANTOVA *tippt mit dem Finger in alle Richtungen* Tick! Tick! Tick!

KUKUŠIN-DERGUŠIN Anna Pavlovna, in Ihrem Alter sollte man solche Scherze bleiben lassen.

DER SÜNDENFALL
ODER
DIE ERKENNTNIS DES GUTEN UND BÖSEN

Eine Allee schön beschnittener Bäume stellt den Garten des Paradieses dar. In der Mitte der Baum des Lebens und der Baum der Erkenntnis. Vorn rechts eine Kirche.

figura *zeigt mit der Hand auf den Baum* Das ist der Baum der Erkenntnis des Guten und Bösen. Ihr sollt essen die Früchte von allerlei Bäumen, aber von diesem Baum sollt ihr nicht essen. *Geht in die Kirche.*

ADAM *zeigt mit der Hand auf den Baum* Das ist der Baum der Erkenntnis des Guten und Bösen. Wir werden die Früchte essen von allerlei Bäumen, aber von diesem Baum werden wir nicht essen. Eva, warte hier auf mich, ich gehe Himbeeren pflücken. *Geht ab.*

EVA Das ist der Baum der Erkenntnis des Guten und Bösen. Adam hat mir verboten, die Früchte von diesem Baum zu essen. Ich würde aber schon gern wissen, wie sie schmecken.

Hinter dem Baum hervor tritt Meister Leonardo.

MEISTER LEONARDO Eva! Ich komme zu dir, Eva!

EVA Aber Meister Leonardo, sage mir, wozu?

MEISTER LEONARDO Du bist so schön mit deiner weißen Haut und deinem vollen Busen, ich will mich kümmern um dein Wohlergehen.

EVA Gebs Gott.

MEISTER LEONARDO Weißt du, Eva, ich liebe dich.

EVA Weiß ich denn, was das ist?

MEISTER LEONARDO Du weißt es nicht?

EVA Woher denn?

MEISTER LEONARDO Du machst mich staunen, Eva.

EVA Oh, sieh mal, wie komisch der Fasan auf der Fasanin reitet!

MEISTER LEONARDO Das ist genau dasselbe.

EVA Was, dasselbe?

MEISTER LEONARDO Wie die Liebe.

EVA Dann ist das sicher komisch. Also was? Willst du auch auf mir reiten?

MEISTER LEONARDO Ja, aber du darfst es Adam nicht sagen.

EVA Ich werde ihm nichts sagen.

MEISTER LEONARDO Ich sehe, du bist in Ordnung.

EVA Ja, ich bin ein fixes Weib.

MEISTER LEONARDO Und du liebst mich?

EVA Ja, ich habe nichts dagegen, daß du mit mir auf dem Rücken durch den Garten spazierenreitest.

MEISTER LEONARDO Setz dich auf meine Schultern.

Eva sitzt auf, und Meister Leonardo hüpft mit ihr in den Garten davon. Adam kommt zurück, eine Schirmmütze voller Himbeeren in der Hand.

ADAM Eva? Wo bist du? Magst du Himbeeren? Eva? Wo ist die denn hin? Ich gehe sie suchen. *Geht ab.*

Eva erscheint, auf Meister Leonardo reitend.

EVA *sitzt ab* So, vielen Dank. Es war sehr schön.

MEISTER LEONARDO Und jetzt probierst du diesen Apfel.

EVA Wo denkst du hin! Von diesem Baum darf man die Früchte nicht essen.

MEISTER LEONARDO Eva, hör zu! Ich kenne seit langem alle Geheimnisse des Paradieses. Ich könnte dir einiges erzählen.

EVA Erzähl, ich höre.

MEISTER LEONARDO Und wirst du auf mich hören?

EVA Ja, und ich werde dich in nichts enttäuschen.

MEISTER LEONARDO Und du wirst mich auch nicht verraten?

EVA Nein, glaube mir ruhig.

MEISTER LEONARDO Und wenn auf einmal alles auffliegt?

EVA Nicht durch mich.

MEISTER LEONARDO Also gut, ich glaube dir. Du hast eine gute Schule besucht. Ich habe Adam gesehen, er ist sehr dumm.

EVA Er ist ein bißchen grob.

MEISTER LEONARDO Er hat keine Ahnung. Er ist wenig herumgekommen in der Welt und hat nichts gesehen. Ihn hat man dumm gehalten. Und dasselbe macht er jetzt mit dir.

EVA Wie das?

MEISTER LEONARDO Er verbietet dir, von diesem Baum zu essen. Dabei schmecken die Früchte von diesem Baum am besten. Und wenn du von ihnen gegessen hast, wirst du auf der Stelle sehen, was gut ist und was böse. Du wirst auf der Stelle sehr viel erfahren und klüger sein als Gott selbst.

EVA Das ist möglich?

MEISTER LEONARDO Ich sage dir doch, es ist möglich.

EVA Also ich weiß wirklich nicht, was ich tun soll.

MEISTER LEONARDO Iß diesen Apfel! Iß! Iß! Iß!

Adam erscheint, die Schirmmütze in der Hand.

ADAM Ach, hier bist du, Eva? Und wer ist das?

Meister Leonardo verkriecht sich im Gebüsch.

ADAM Wer war das?

EVA Das war mein Freund, Meister Leonardo.

ADAM Und was hat er gewollt?

EVA Er hat mich auf den Schultern reiten lassen und ist mit mir durch den Garten gelaufen. Ich habe schrecklich gelacht.

ADAM Und weiter habt ihr nichts getan?

EVA Nein.

ADAM Und was hast du da in der Hand?

EVA Das ist ein Apfel.

ADAM Von welchem Baum?

EVA Von dem da.

ADAM Nein, du lügst, er ist von dem.

EVA Nein, von dem.

ADAM Du lügst doch?

EVA Ehrenwort, ich lüge nicht.

ADAM Also gut, ich glaube dir.

DIE SCHLANGE *auf dem Baum der Erkenntnis des Guten und Bösen sitzend* Sie lügt. Glaub ihr nicht. Der Apfel ist von diesem Baum.

ADAM Wirf den Apfel weg. Betrügerin!

EVA Nein, du bist sehr dumm. Wir müssen doch probieren, wie er schmeckt.

ADAM Eva! Schau mal!

EVA Da gibt es nichts zu schauen!

ADAM Also, wie du meinst.

Eva beißt ein Stück von dem Apfel ab. Die Schlange klatscht vor Vergnügen in die Hände.

EVA Ach, der schmeckt! Aber was ist das? Du verschwindest und erscheinst wieder! Oh! Alles verschwindet und erscheint wieder von irgendwoher. Oh, wie interessant! Ui! Ich bin nackt! Adam, komm näher, komm zu mir, ich will auf dir reiten.

ADAM Was ist?

EVA Hier, iß du auch von diesem Apfel!

ADAM Ich habe Angst.

Eva Iß! Iß!

Adam beißt ein Stück von dem Apfel ab und bedeckt sich sofort mit der Schirmmütze.

Adam Ich schäme mich!

Aus der Kirche kommt figura.

figura Du, Mensch, und du, Menschenfrau, ihr habt gegessen die verbotene Frucht. Und deshalb raus aus meinem Garten! *Geht zurück in die Kirche.*

Adam Wo sollen wir jetzt hin?

Eva Wir gehen nirgendwohin.

Es erscheint der Engel mit dem Flammenschwert und vertreibt sie aus dem Paradies.

Engel Raus! Raus! Raus!

Meister Leonardo *kommt hinter dem Gebüsch hervor* Raus, raus! Raus, raus! *Winkt.* Den Vorhang bitte!

Vorhang.

27. September 1934

. . .

FÜRST Endlich sehe ich dich, Liebste.
FÜRSTIN Fürst, sind Sie es?
FÜRST *erstaunt* Ja, ich bins. Und glücklich, Sie zu sehen.
FÜRSTIN Ich sehe Sie aber nicht.
FÜRST Wie das?
FÜRSTIN Nun ja, ich sehe Sie nicht.

I. AKT

KOKA BRJANSKIJ Ich heirate heute.
MUTTER Was?
KOKA BRJANSKIJ Ich heirate heute.
MUTTER Was?
KOKA BRJANSKIJ Ich sage, ich heirate heute.
MUTTER Was sagst du?
KOKA Ich sage, ich will heu-te – hei-ra-ten!
MUTTER *Hei?* Was heißt das *hei*?
KOKA Hei-rat!
MUTTER *Rat?* Was für ein *Rat*?
KOKA Nicht *Rat*, sondern Hei-rat!
MUTTER Also doch kein *Rat*?
KOKA Genau, kein *Rat*, und aus.
MUTTER Was?
KOKA Na, kein *Rat*. Verstehst du! Kein *Rat*.
MUTTER Jetzt kommst du wieder mit diesem *Rat*. Ich weiß nicht, wieso *Rat*.
KOKA *spuckt aus* Tffu! *Hei* und *Rat*! Was soll denn dieses *Hei*! Du mußt doch selbst sehen, einfach *hei* zu sagen, ist unsinnig!
MUTTER Was sagst du?
KOKA *Hei*, sage ich, ist *unsinnig*!!!
MUTTER *Nig?*
KOKA Was soll denn das bloß? Wie bringst du das fertig, nur einen Wortfetzen zu hören, und dann noch so einen sinnlosen: *nig*! Warum ausgerechnet *nig*!
MUTTER Jetzt sagst du wieder *nig*!

Koka Brjanskij würgt seine Mutter. Die Braut Marusja tritt auf.

DER UNTERSCHIED ZWISCHEN MANN UND FRAU

DER EHEMANN Eben habe ich meine Tochter verprügelt, und jetzt verprügle ich meine Frau.

FRAU UND TOCHTER *hinter der Tür* Bä-bä-bä-bä-bä! Mä-mä-mä-mä-mä!

EHEMANN Ivan! Kammerdiener Ivan!

Ivan kommt herein. Ivan hat keine Arme.

IVAN Sie wünschen?

EHEMANN Wo sind deine Arme, Ivan?

IVAN Im Krieg verloren im Feuer der Schlacht!

. . .

EHEMANN Da gibt es nichts zu kichern! Dumme Gans!
EHEFRAU Was! Dumme Gans?.. Und hast du das hier gesehen?
EHEMANN *weicht beiseite* Dafür wirst du dich vor dem Gesetz verantworten.
EHEFRAU Dir werd ichs zeigen, aber gleich!
EHEMANN *verschwindet hinter der Tür.*
EHEFRAU Du Null!

Vorhang.

26. März [1935]

. . .

GRIGORJEV *haut Semënov in die Schnauze* So, jetzt ist für euch der Winter gekommen. Zeit, die Öfen zu heizen. Was meint ihr?

SEMËNOV Ich bin der Meinung, daß, wenn man Ihre Bemerkung ernstlich überlegt, dann wär es wohl wirklich Zeit, den Ofen zu heizen.

GRIGORJEV *haut Semënov in die Schnauze* Und was meint ihr, wird der Winter dieses Jahr kalt oder warm?

SEMËNOV Nun, also, dem nach zu urteilen, daß wir einen verregneten Sommer gehabt haben, wird es ein kalter Winter. Wenn der Sommer verregnet war, gibt es immer einen kalten Winter.

GRIGORJEV *haut Semënov in die Schnauze* Mir ist niemals kalt.

SEMËNOV Es ist vollkommen richtig, was Sie sagen, daß Ihnen niemals kalt ist. Das liegt in Ihrer Natur.

GRIGORJEV *haut Semënov in die Schnauze* Ich friere nie!

SEMËNOV Au!

GRIGORJEV *haut Semënov in die Schnauze* Was heißt au?

SEMËNOV *hält sich die Wange* Au! Das Gesicht tut mir weh!

GRIGORJEV Tut weh, warum? *Und haut mit diesen Worten Semënov zack in die Schnauze.*

SEMËNOV *fällt auf einen Stuhl* Au! Ich weiß es selber nicht.

GRIGORJEV *tritt Semënov in die Schnauze* Mir tut nichts weh.

SEMËNOV Dir werd ich das Prügeln abgewöhnen, Hundesohn. *Versucht aufzustehen.*

GRIGORJEV *haut Semënov in die Schnauze* Auch noch frech werden!

SEMËNOV *fällt auf den Rücken* Dreckskerl verdammter!

GRIGORJEV Hör zu, du, paß auf, was du sagst!

SEMËNOV *versucht hochzukommen* Ich hab lange geduldet,

Bruder. Aber jetzt reichts. Mit dir, scheints, geht es nicht im Guten. Du bist selbst schuld, Bruder.

GRIGORJEV *tritt Semënov mit dem Absatz in die Schnauze* Na los, los! Ich höre.

SEMËNOV *fällt auf den Rücken* Au!

Lojanev kommt herein.

LOJANEV Was geht hier vor?

. . .

Petja kommt in ein Restaurant und setzt sich an einen Tisch. Der Kellner bringt die Karte und legt sie vor Petja auf den Tisch. Petja schaut in die Karte.

PETJA Geben Sie mir, wenn Sie haben, Boeuf bouilli.
KELLNER Geb ich Ihnen nicht.
PETJA *schaut erschrocken den Kellner an.* Boeuf...
KELLNER Und außerdem schmeiße ich Sie gleich zur Tür hinaus.
PETJA *drohend* Was soll das heißen?
KELLNER Schon gut, schon gut. Gehen Sie.
PETJA Ich gehe nicht. Ich bin Ingenieur. *Zieht ein Papier aus der Tasche und hält es dem Kellner hin.*
KELLNER *nimmt das Papier in die Hände, betrachtet es und sagt* Woher soll ich wissen, daß Sie das sind. Vielleicht haben Sie das Dokument gestohlen.

. . .

ŠVELPIN Erstaunliche Geschichte! Ivan Ivanovič Nikiforovs Frau hat Korablëvs Frau gebissen! Wenn Korablëvs Frau Ivan Ivanovič Nikiforovs Frau gebissen hätte, wäre alles klar. Aber daß Ivan Ivanovič Nikiforovs Frau Korablëvs Frau gebissen hat, ist wirklich erstaunlich!

SMUCHOV Und ich bin kein bißchen erstaunt.

Regieanweisung:
Varvara Semënovna bückt sich und beißt Antonina Antonovna.

DER ERSTE AKT DES »KÖNIG LEAR«,

ÜBERSETZT FÜR KAKERLAKEN UND KÄFER

Thronsaal in König Lear's Palast.

Kent, Gloster und Edmund.

KENT Ich dachte, der König sei dem Herzog von Albanien gewogener als dem von Cornwall.

GLOSTER So schien es uns immer, doch jetzt, bei der Theilung des Reichs, erhielten alle den gleichen Anteil. Alle gleich. Niemand vorgezogen.

KENT Wer ist das? *Zeigt auf Edmund.*

EDMUND *zuckt zusammen* Er zeigt auf mich.

GLOSTER Das ist ein unehelicher Sohn. Früher mußte ich erröten, ihn anzusehen, aber jetzt bin ichs gewöhnt. Ich erröte nicht mehr, früher bin ich errötet.

EDMUND Ich bin früher nicht errötet, erröte aber jetzt.

KENT Ich bin noch nie errötet. Ich weiß nicht einmal, wie das ist. Doch still, der König kommt!

König Lear, Goneril, Regan und Cordelia treten auf.

LEAR Groß ist der Ruhm der Könige von Frankreich.

FALLEN

PROSA

MORGEN

Ja, heute habe ich von einem Hund geträumt.
Er leckte an einem Stein, lief dann zum Fluß hinunter und schaute ins Wasser.
Hat er dort etwas gesehen?
Warum schaut er ins Wasser?
Ich steckte mir eine Zigarette an. Und hatte nur noch zwei.
Ich rauche sie auf, dann habe ich keine mehr.
Und Geld auch keins.
Wo werde ich heute essen?
Zum Frühstück kann ich Tee trinken: ich habe noch Zucker und ein Brötchen. Aber keine Zigaretten mehr.
Und wo ich essen kann, weiß ich auch nicht.
Ich muß schnell aufstehen. Es ist schon halb drei.
Ich rauchte die zweite Zigarette und dachte darüber nach, wie ich heute zu einem Essen kommen würde.
Foma ißt um sieben Uhr im Haus der Presse. Wenn ich punkt sieben Uhr ins Haus der Presse gehe, Foma dort treffe und sage: »Hör zu, Foma, ich möchte, daß du mich heute zum Essen einlädst. Ich hätte heute Geld bekommen sollen, aber auf der Sparkasse war es noch nicht eingegangen.« Vielleicht kann ich den Professor um einen Zehner bitten. Aber der Professor wird sagen: »Ich schulde Ihnen Geld, und Sie wollen sich bei mir etwas borgen. Aber ich habe im Augenblick keine zehn. Ich kann Ihnen nur drei geben.« Oder nein, der Professor wird sagen: »Ich habe gerade nicht eine Kopeke.« Oder nein, der Professor wird es nicht so sagen, sondern so: »Hier haben Sie einen Rubel, mehr gebe ich Ihnen nicht. Gehen Sie und kaufen Sie sich Streichhölzer.«

Ich rauchte die Zigarette zu Ende und zog mich an.

Volodja hat angerufen. Tatjana Aleksandrovna habe von mir gesagt, sie wisse jetzt, was an mir von Gott komme, und was von einem Dummkopf.
Ich zog die Stiefel an. Vom rechten Stiefel platzt der Absatz ab.
Heute ist Sonntag.

Ich gehe den Litejnyj entlang, an den Buchhandlungen vorbei. Gestern hatte ich um ein Wunder gebeten. Ja, ja, wenn jetzt ein Wunder geschähe.
Da fängt es an zu regnen, halb Regen, halb Schnee. Ich bleibe vor einer Buchhandlung stehen und schaue mir das Schaufenster an. Ich lese zehn Buchtitel und vergesse sie sofort wieder.
Ich greife in die Tasche nach den Zigaretten, aber mir fällt ein, daß ich keine mehr habe.
Ich setze ein überhebliches Gesicht auf und gehe schnell in Richtung Nevskij, mit dem Stock aufstoßend.
Das Haus Ecke Nevskij wird in einer widerwärtig gelben Farbe gestrichen. Ich muß weiter. Die Entgegenkommenden rempeln mich an. Sie sind alle erst vor kurzem von den Dörfern gekommen und wissen noch nicht, wie man auf der Straße geht. Sehr schwierig, ihre schmutzigen Kleider und Gesichter zu unterscheiden.
Sie trampeln überallhin, schreien und drängeln.
Wenn sie sich aus Versehen anrempeln, sagen Sie nicht »Verzeihung«, sondern brüllen sich Schimpfwörter zu.
Auf dem Nevskij ist auf den Trottoirs ein schreckliches Gewimmel. Auf der Straße ist es ziemlich ruhig. Ab und an fährt ein Lastwagen vorbei, oder ein schmutzstarrender Leichtkraftwagen.

Die Straßenbahnen sind überfüllt. Die Leute hängen auf den Trittbrettern. In den Waggons wird unablässig geschimpft. Jeder sagt zu jedem »du«. Wenn sich das Türchen öffnet, strömt aus dem Wageninnern auf die Plattform ein warmer, stinkiger Geruch. Die Leute springen während der Fahrt auf und ab. Aber sie können es noch nicht und springen mit dem Hintern zuerst auf. Oft stürzt jemand ab und fliegt unter Heulen und Fluchen vor die Straßenbahnräder. Die Milizionäre pfeifen auf ihren Trillerpfeifen, halten die Straßenbahnen an und bestrafen diejenigen, die während der Fahrt abgesprungen sind. Doch sowie die Straßenbahn wieder anfährt, kommen neue Leute und springen während der Fahrt auf und ab, immer gegen die Fahrtrichtung.

Heute bin ich um zwei Uhr aufgewacht. Ich habe bis drei im Bett gelegen, außerstande aufzustehen. Ich habe meinen Traum durchdacht: warum der Hund in den Fluß geschaut und was er dort gesehen hat. Ich redete mir ein, es sei sehr wichtig: einen Traum bis zu Ende zu durchdenken. Aber ich konnte mich nicht erinnern, was ich weiter in meinem Traum gesehen hatte, und begann, an etwas anderes zu denken.
Gestern abend hatte ich am Tisch gesessen und viel geraucht. Vor mir lag das Papier, zum Schreiben. Aber ich wußte nicht, was ich schreiben sollte. Ich wußte nicht einmal, ob es ein Gedicht oder eine Erzählung oder eine Erörterung werden sollte. Ich habe nichts geschrieben und mich schlafen gelegt. Aber ich habe nicht lange geschlafen. Ich wollte herausfinden, was ich schreiben sollte. Ich zählte in Gedanken sämtliche Gattungen der Wortkunst auf, fand aber meine Gattung nicht heraus. Es hätte ein einziges Wort sein können, aber vielleicht hätte ich ein ganzes Buch schreiben sollen. Ich bat Gott um ein Wunder, damit mir endlich klar würde, was ich schreiben sollte. Aber ich bekam Appetit auf eine Zigarette. Ich hatte ins-

gesamt noch vier Zigaretten. Es wäre gut, wenigstens zwei, nein, drei für morgen aufzuheben.
Ich setzte mich auf das Bett und steckte mir eine Zigarette an.
Ich bat Gott um irgendein Wunder.
Ja, ja, ein Wunder es mußte sein. Egal, was für eins.
Ich zündete die Lampe an und blickte mich um. Alles war wie früher.
Aber in meinem Zimmer hätte sich auch nichts verändern sollen.
Verändern sollte sich etwas in mir.
Ich sah auf die Uhr. Drei Uhr und sieben Minuten. Schlafen würde ich also bis mindestens halb zwölf. Höchste Zeit zum Schlafen!
Ich löschte die Lampe und legte mich hin.
Nein, ich mußte mich auf die linke Seite legen.
Ich legte mich auf die linke Seite und versuchte einzuschlafen.
Ich schaue durchs Fenster und sehe, wie der Hauswart die Straße fegt.
Ich stehe neben dem Hauswart und sage zu ihm, daß man, bevor man etwas schreibt, die Wörter wissen muß, die man schreiben soll.
Über mein Bein hüpft ein Floh.
Ich liege mit geschlossenen Augen, das Gesicht im Kopfkissen und bemühe mich einzuschlafen. Aber ich spüre den Floh hüpfen und verfolge ihn. Wenn ich mich bewege, flieht mich der Schlaf.
Aber jetzt muß ich den Arm heben und mit dem Finger die Stirn berühren. Ich hebe den Arm und berühre mit dem Finger die Stirn. Und weg ist der Schlaf.
Ich möchte mich auf die rechte Seite drehen, aber ich muß auf der linken liegen.
Jetzt läuft der Floh mir über den Rücken. Jetzt beißt er.

Ich sage: oh, oh.
Mit geschlossenen Augen sehe ich, wie der Floh über das Bettuch hüpft, sich in einer Falte verkriecht und still dort sitzt wie ein Hündchen.
Ich sehe mein ganzes Zimmer, aber nicht von der Seite, nicht von oben, sondern das ganze Zimmer von allen Seiten auf einmal. Alle Gegenstände sind orange.
Ich kann nicht einschlafen. Ich versuche, an nichts zu denken. Mir fällt ein, daß das unmöglich ist, und ich versuche, meine Gedanken nicht anzuspannen. Sollen sie denken, an was sie wollen. Und so denke ich an einen riesengroßen Löffel und erinnere mich an die Fabel von dem Tataren, der im Traum Brei sah, aber den Löffel vergessen hatte. Und dann sah er einen Löffel, vergaß aber... Vergaß... Vergaß... Vergessen... Jetzt habe ich vergessen, woran ich gedacht habe. Schlafe ich nicht schon? Um das zu überprüfen, öffne ich ein Auge.
Jetzt bin ich aufgewacht. Wie schade, ich war doch schon eingeschlafen und hatte vergessen, daß das so nötig war. Ich muß versuchen wieder einzuschlafen. Solche Anstrengungen, und alle umsonst. Ich gähnte. Es wurde mir langweilig, einzuschlafen.
Ich sehe den Ofen vor mir. In der Dunkelheit sieht er dunkelgrün aus. Ich schließe die Augen. Sehe aber weiter den Ofen. Er ist vollkommen dunkelgrün. Auch alle anderen Gegenstände im Zimmer sind dunkelgrün. Meine Augen sind geschlossen, aber ich klappe mit den Augendeckeln, ohne die Augen zu öffnen.
Der Mensch klappt mit den Augendeckeln auch mit geschlossenen Augen, – denke ich. – Nur, wenn er schläft, tut er das nicht.
Ich sehe mein Zimmer und sehe mich im Bett liegen. Ich bin zugedeckt bis fast über den Kopf. Kaum das Gesicht schaut noch heraus.

Im Zimmer hat alles einen grauen Ton.
Das ist keine Farbe, sondern nur ein Farbschema. Die Sachen sind grundiert für die Farben. Aber die Farben weggenommen. Aber auch wenn die Tischdecke auf dem Tisch grau aussieht, sieht man doch, daß sie in Wirklichkeit blau ist, und dieser Bleistift ist, auch wenn er grau ist, in Wirklichkeit gelb.
– Ich bin eingeschlafen, – höre ich eine Stimme.

26. Oktober 1931

...

Wir wohnten in zwei Zimmern. Mein Freund in dem kleineren, ich in dem ziemlich großen, mit den drei Fenstern. Ganze Tage war mein Freund nicht zu Hause, er kam in sein Zimmer nur, um dort zu übernachten. Ich dagegen saß die ganze Zeit in meinem Zimmer, und wenn ich ausging, dann entweder zur Post, oder um mir etwas zu essen zu kaufen. Außerdem bekam ich noch eine trokkene Pleuritis, die mich noch fester ans Haus band.

Ich bin gern allein. Aber ein Monat verging, und allmählich fiel mir die Einsamkeit auf die Nerven. Das Buch brachte mir keine Zerstreuung, und wenn ich mich an den Tisch setzte, saß ich oft lange, ohne eine einzige Zeile zu schreiben. Ich nahm mir das Buch wieder vor, das Papier indes blieb jungfräulich rein. Und dann noch die Krankheit! Mit einem Wort, ich begann mich zu langweilen.

Die Stadt, in der ich damals lebte, gefiel mir ganz und gar nicht. Sie lag auf einem Berg, und von überall eröffneten sich Postkarten-Ansichten. Diese Ansichten waren mir so zuwider, daß ich sogar gern zu Hause saß. Ja, außer der Post, dem Markt und dem Laden gab es eigentlich nichts, wohin ich hätte gehen können.

Also saß ich zu Hause, wie ein Gefangener.

Es gab Tage, an denen ich nichts aß. Dann gab ich mir Mühe, mich in eine lebensfrohe Stimmung zu versetzen. Ich lächelte bis zu zwanzig Minuten hintereinander weg, aber danach ging das Lächeln in Gähnen über... Das war sehr unangenehm. Ich machte den Mund so weit auf, nur um zu lächeln, aber er ging noch weiter auf, und ich gähnte. Ich begann zu träumen.

Ich sah einen irdenen Krug mit Milch vor mir und frisches Brot. Und dabei sitze ich am Tisch und schreibe sehr schnell.

Auf dem Tisch, auf den Stühlen und auf dem Bett liegen beschriebene Blätter. Aber ich schreibe weiter, rücke hin und her und lächle über meine eigenen Gedanken. Und wie angenehm, daß nebenan Brot und Milch und das Nußbaumkästchen mit dem Tabak stehen!
Ich machte das Fenster auf und blickte in den Garten. Direkt vor dem Haus wuchsen gelbe und lila Blumen. Etwas weiter weg wuchs der Tabak und stand eine Kastanie aus dem Krieg. Dahinter begann der Obstgarten. Es war sehr still, nur am Fuß der Berge sangen die Eisenbahnzüge.
Heute habe ich nichts tun können. Ich bin im Zimmer auf und ab gegangen, habe mich dann an den Tisch gesetzt, bin aber bald wieder aufgestanden und habe mich in den Schaukelstuhl gesetzt. Habe nach dem Buch gegriffen, es aber sofort wieder weggeworfen und bin wieder im Zimmer auf und ab gegangen.
Ich hatte plötzlich den Eindruck, als habe ich etwas vergessen, irgendeinen Fall oder ein wichtiges Wort.
Ich versuchte unter Qualen, mich an dieses Wort zu erinnern, und am Ende kam es mir sogar so vor, als finge dieses Wort mit dem Buchstaben M an. Nein! doch nicht mit M, sondern mit R.
Riesenverstand? Raserei? Rahmen? Riemen? Oder: Meinung? Mehl? Materie?
Nein, natürlich mit R, wenn ich bloß auf das Wort käme! Ich kochte mir Kaffee und sang dabei Wörter auf R. Oh, wieviele Wörter ich auf diesen Buchstaben hatte! Vielleicht war auch das darunter, das ich suchte, aber ich erkannte es nicht, ich hielt es für eines wie alle anderen. Vielleicht hat es dieses Wort auch gar nicht gegeben.

...

Vier Deutsche aßen Schweinefleisch und tranken grünes Bier. Dem einen Deutschen mit Namen Klaus blieb ein Stück Schweinefleisch im Halse stecken, da stand er vom Tisch auf. Da pfiffen die anderen drei Deutschen laut auf den Fingern und spotteten ob des Mißgeschicks. Aber der Deutsche Klaus hatte den Bissen Schweinefleisch schnell heruntergeschluckt, grünes Bier nachgetrunken und war bereit zu antworten. Die anderen drei Deutschen, die ausgiebig über den Hals des Deutschen Klaus gespottet hatten, verlegten sich jetzt auf dessen Beine und riefen, Klaus habe ziemlich krumme Beine. Besonders der eine Deutsche mit Namen Michel machte sich lustig über die krummen Beine des Deutschen Klaus. Da zeigte der Deutsche Klaus mit dem Finger auf den Deutschen Michel und sagte, er habe noch nie einen Menschen gesehen, der die Wörter »krumme Beine« so dämlich ausgesprochen hätte wie der Deutsche Michel. Der Deutsche Michel warf einen fragenden Blick in die Runde, dem Deutschen Klaus hingegen warf er einen Blick zu, der äußerste Mißbilligung ausdrückte. Da nahm der Deutsche Klaus einen Schluck grünes Bier, mit diesem Gedanken im Kopf: »Zwischen mir und dem Deutschen Michel gibt es jetzt gleich Streit.«
Die beiden übrigen Deutschen aßen schweigend Schweinefleisch. Der Deutsche Klaus aber sah, nach einem weiteren Schluck grünen Bieres, die anderen mit einem Gesichtsausdruck an, der Folgendes sagte: »Ich weiß, was ihr von mir wollt, aber ich bin für euch eine verschlossene Schatulle.«

Juni 1933

. . .

Šura, Kolja und Fedja brachen die Tür auf und lachten vor Freude über ihren Scherz. Doch da kam der Mathematiker persönlich und verpaßte ihnen eine Tracht Prügel mit dem Riemen. War das ein Geschrei, war das ein Tumult! Aus Wien kam Marija Abramovna zurück und zürnte lange, als sie erfuhr, wie sich die jungen Leute in ihrer Abwesenheit aufgeführt hatten. Aber das ist nicht richtig so, denn junge Menschen wollen immer irgend jemandem einen Streich spielen und sind damit schnell bei der Hand. Während im Alter alles langsamer geht. Nicht aus Trägheit, sondern vor allem aus Gründen des Alters. Obwohl es schon besser ist, wenn es aus Trägheit geschieht. Wenn nämlich ein alter Mensch etwas zu erzählen anfängt, so dauert es immer sehr lang, und die Erzählung findet kein Ende. Nur der Zufall bringt einen alten Menschen zum Schweigen. Die Dampfer fahren zur Elagin-Insel.

4. Juli 1933

VORFALL IN DER STRASSENBAHN

Ljapunov ging zur Straßenbahn, Ljapunov ging zur Straßenbahn. In der Straßenbahn saß Sorokin, in der Straßenbahn saß Sorokin.
Sorokin hatte eine elektrische Teemaschine gekauft und fuhr zu seiner Frau nach Hause. Er hatte eine elektrische Teemaschine gekauft und fuhr nach Hause.
In der Straßenbahn war es heiß, obwohl Türen und Fenster offenstanden. Obwohl sie offenstanden. Sorokin hatte eine elektrische Teemaschine gekauft.

. . .

Ein Mönch stieg hinab in die Gruft zu den Toten und rief: »Christ ist erstanden!« Und alle antworteten ihm im Chor: »Er ist erstanden, wahrhaftig erstanden!«

. . .

Ein altes Männlein kratzte sich mit beiden Händen. Dort, wo er mit beiden Händen nicht hinkam, kratzte sich der Alte mit einer Hand, aber dafür ganz-ganz schnell. Und dabei zwinkerte er schnell mit den Augen.

...

Ivan Jakovlevič Bobov erwachte in der angenehmsten Stimmung. Er schaute unter der Bettdecke hervor und sah sogleich die Zimmerdecke. Die Zimmerdecke zierte ein großer grauer Fleck mit grünlichen Rändern. Wenn man den Fleck lange anschaute, mit einem Auge, so bekam der Fleck Ähnlichkeit mit einem Nashorn, das einen Schubkarren zog, obwohl andere fanden, er habe mehr Ähnlichkeit mit einer Straßenbahn, auf der eine Riese reitet; übrigens konnte man in dem Fleck sogar die Umrisse der Stadt erkennen. Ivan Jakovlevič schaute zur Decke, aber nicht an die Stelle, an der sich der Fleck befand, sondern nur so, irgendwohin, und dabei lächelte er und kniff die Augen zusammen. Dann riß er die Augen auf und hob die Brauen, so hoch, daß sich die Stirn wie eine Ziehharmonika in Falten legte und um ein Haar verschwunden wäre, hätte Ivan Jakovlevič die Augen nicht wieder zusammengekniffen und sich schnell, als schämte er sich für etwas, die Decke über den Kopf gezogen. Er tat dies so ruckartig, daß unter dem anderen Ende der Bettdecke Ivan Jakovlevičs nackte Füße zum Vorschein kamen, und sofort setzte sich auf den großen Zeh des linken Fußes eines Fliege. Ivan Jakovlevič bewegte den Zeh, und die Fliege flog auf und setzte sich auf die Ferse. Da schnappte Ivan Jakovlevič die Bettdecke mit beiden Füßen, zog das eine Bein an, schlug damit das andere Bein in die Decke und drückte mit dem Fuß nach unten, daß er sich auf diese Weise die Decke vom Kopf zog. »Schisch«, – sagte Ivan Jakovlevič und blies die Backen auf. Normalerweise, wenn Ivan Jakovlevič etwas gelungen war oder, im Gegenteil, wenn gar nichts zusammenging, sagte Ivan Jakovlevič immer: »Schisch«, – selbstverständlich nicht laut und keineswegs so, damit es jemand hörte, sondern nur so, vor sich hin, zu sich selbst. Und mit diesem »Schisch« setzte sich Ivan Jakovlevič im Bett auf und griff nach dem Stuhl, auf dem seine Hose, sein Hemd und die übrige Wäsche lagen. Hosen trug Ivan Jakovlevič gern gestreifte. Aber gestreifte Hosen waren im Moment wirklich nirgends zu bekommen. Ivan Jakovlevič war ins Leningradodežd gegangen, ins Univermag, in die Passage, in den Gostinyj Dvor, er hatte sämtliche Geschäfte auf der Petrograder Seite abgeklappert, war sogar nach Ochta gefahren, aber nirgends gestreifte Hosen. Ivan Jakovlevičs alte Hosen indessen waren bereits so abgetragen, daß er sie unmöglich länger anziehen konnte. Ivan Jakovlevič hatte sie einige Male flicken lassen, aber schließlich half auch das nichts mehr. Ivan Jakovlevič klapperte abermals alle Geschäfte ab, und da er wieder nirgends gestreifte Hosen hatte finden können, beschloß er, karierte zu kaufen. Aber auch karierte Hosen gab es nirgends. Da beschloß Ivan Jakovlevič, graue Hosen zu kaufen, aber er fand auch nirgends graue. Und es gab auch nirgends schwarze Hosen in Ivan Jakovlevičs Größe. Da ging Ivan Jakovlevič, um sich blaue Hosen zu kaufen, aber während er nach schwarzen gesucht hatte, waren überall auch die blauen ausgegangen, wie auch die zimtbraunen. So hatte Ivan Jakovlevič am Ende grüne Hosen mit gelben Tupfern kaufen müssen. Im Geschäft war es Ivan Jakovlevič noch so vorgekommen, als sei die Farbe nicht allzu grell und als fielen die gelben Tupfer gar nicht ins Auge. Aber zu Hause angekommen, entdeckte Ivan Jakovlevič, daß das eine Hosenbein nachgerade vornehm gedämpft, das andere dafür birkengrün war, und daß die gelben Tupfer darauf nur so brannten. Ivan Jakovlevič versuchte, die Hosen links herum anzuziehen, aber von dieser Seite tendierten beide Hälften ins Gelbe mit grünen Erbsen und sahen so komisch aus, daß er in diesen Hosen nach der Vorstellung des Kinematographen nur auf die Estrade hätte klettern müssen, mehr wäre nicht nötig gewesen, und das Publikum hätte eine halbe Stunde lang gebrüllt vor Lachen. Zwei Tage konnte Ivan Jakovlevič sich nicht dazu durchringen, die neuen Hosen anzuziehen, aber als die alten so zerschlissen waren, daß man schon von weitem sehen konnte, daß auch Ivan Jakovlevičs Unterhosen der Reparatur bedurften, mußte er die neuen Hosen anziehen. Das erste Mal in den neuen Hosen ging Ivan Jakovlevič überaus vorsichtig auf die Straße hinunter. Beim Verlassen des Haustors schaute er nach beiden Seiten und trat erst, als er sich überzeugt hatte, daß niemand in der Nähe war, auf die Straße hinaus und ging schnellen Schrittes in Richtung seiner Dienststelle. Als erster begegnete ihm ein Apfelverkäufer mit einem großen Korb auf dem Kopf. Der sagte nichts, als er Ivan Jakovlevič erblickte, und erst, als Ivan Jakovlevič an ihm vorbei war, blieb er stehen, da ihm jedoch der Korb auf dem Kopf nicht gestattete, den Kopf zu wenden, drehte sich der Apfelverkäufer mit dem ganzen Körper um und blickte Ivan Jakovlevič nach, vielleicht hätte er sogar den Kopf geschüttelt, wenn wiederum der Korb nicht gewesen wäre. Ivan Jakovlevič schritt munter aus und hielt seine Begegnung mit dem Verkäufer für ein günstiges Zeichen, er hatte das Manöver des Verkäufers nicht bemerkt und war getröstet beim Gedanken, daß die Hosen also doch nicht so ins Auge stachen. Jetzt kam Ivan Jakovlevič ein Angestellter, wie er selbst einer war, entgegen, die Aktenmappe unterm Arm. Der Angestellte ging schnell, sah nicht nach rechts und links, sondern vielmehr auf die eigenen Füße. Als er mit Ivan Jakovlevič auf gleicher Höhe war, warf der Angestellte einen Blick auf Ivan Jakovlevičs Hosen und blieb stehen. Der

Angestellte sah Ivan Jakovlevič an, Ivan Jakovlevič den Angestellten.

– Verzeihen Sie, – sagte der Angestellte, – Sie können mit nicht sagen, wie ich von hier... zu dem der... staatlichen Börse komme?

– Gehen Sie an der Post vorbei... über die Brücke... nein, gehen Sie lieber so, und dann so, – sagte Ivan Jakovlevič. Der Angestellte sagte danke und ging schnell weiter, auch Ivan Jakovlevič tat einige Schritte, aber als er sah, daß ihm jetzt kein Angestellter, sondern eine Angestellte entgegenkam, senkte er den Kopf und wechselte auf die andere Straßenseite.

Auf seiner Dienststelle erschien Ivan Jakovlevič mit Verspätung und sehr schlecht gelaunt. Ivan Jakovlevičs Kollegen schenkten den grünen Hosen mit den verschiedenfarbenen Hosenbeinen natürlich keinerlei Beachtung, errieten aber offenbar, daß sie die Ursache für Ivan Jakovlevičs schlechte Laune waren, und behelligten ihn deshalb nicht mit Fragen. Zwei Wochen lang quälte sich Ivan Jakovlevič in seinen grünen Hosen, bis einer seiner Kollegen, Apollon Maksimovič Šilov, Ivan Jakovlevič vorschlug, Apollon Maksimovič die gestreiften Hosen abzukaufen, die Apollon Maksimovič angeblich nicht brauchte.

. . .

Was für ein merkwürdiger Vorfall in der Straßenbahn Nr. 3 passiert ist!
Eine Dame in einem Kalikotjäckchen ließ 10 Kopeken auf den Boden des Waggons fallen. Ein Bürger, der in der Nähe der Dame gestanden hatte, bückte sich nach der Münze und raste, plötzlich in ein Schwein verwandelt, auf die Plattform hinaus.
Die Fahrgäste im Innern des Wagens waren schrecklich verdutzt. Und sogar ein alter Mann sagte, mit seinen blauen Augen zwinkernd, an alle gewandt:
– Also sowas! Das pure Rowdytum!

August 1934

...

Mironov wickelte die Uhr in die Bettdecke und trug sie zur Kerosinbude. Unterwegs begegnete ihm Golovlëv. Golovlëv versteckte sich, als er Mironov gesehen hatte, hinter einer Zigarettenbude. »Was stehen Sie hier herum?« – rückte ihm der Zigarettenverkäufer zu Leibe. Um ihn abzuwimmeln, kaufte Golovlëv bei dem Zigarettenverkäufer eine Zigarettenspitze und ein Päckchen Zahnpulver. Mironov sah dies alles, womit die Erzählung eigentlich auch zu Ende ist.

20. August [1934]

GESCHICHTE

Abram Demjanovič Pantopasov schrie laut auf und preßte sich das Taschentuch vor die Augen. Aber zu spät. Asche und weicher Staub hatten Abram Demjanovič die Augen verklebt. Seitdem taten Abram Demjanovič die Augen weh, bedeckten sich nach und nach mit ekelhaften Schwären, und Abram Demjanovič wurde blind.

Der blinde Invalide Abram Demjanovič wurde entlassen und auf eine Elendsrente von 36 Rubel monatlich gesetzt.

Es ist völlig klar, daß Abram Demjanovič dieses Geld zum Leben nicht reichte. Das Kilo Brot kostet einen Rubel zehn Kopeken, und das Bund Lauch auf dem Markt 48 Kopeken.

So ging der Invalide der Arbeit immer öfter und öfter an die Mülltonnen.

Schwer war es für den Blinden, unter all den Schalen und Abfällen etwas Eßbares zu finden.

Und noch schwerer war es, auf einem fremden Hof die Mülltonne zu finden. Mit den Augen sehen konnte er sie nicht, und fragen: »Wo ist bitte die Mülltonne« – war irgendwie peinlich.

Blieb also nur die Nase.

Gewisse Mülltonnen stinken dermaßen, daß man sie auf eine Verst weit hört, andere dagegen, mit Deckeln, sind überhaupt nicht zu finden.

Gut, wenn man an einen gutherzigen Hauswart gerät, andere wieder schimpfen so, daß einem jeder Appetit vergeht.

Einmal geriet Abram Demjanovič an eine fremde Mülltonne, und dort biß ihn eine Ratte, so daß er sofort rückwärts wieder herauskroch. An diesem Tage aß er nichts.

Doch da sprang eines Morgens Abram Demjanovič plötzlich etwas vom rechten Auge.
Abram Demjanovič rieb sich das Auge – und sah plötzlich wieder. Dann sprang auch vom linken Auge etwas ab, und Abram Demjanovič konnte wieder sehen.
Von diesem Tage an ging es aufwärts mit Abram Demjanovič.
Überall riß man sich um Abram Demjanovič.
Und im Ministerium für Schwerindustrie hätte nicht viel gefehlt, und man hätte Abram Demjanovič auf Händen getragen.
Und Abram Demjanovič wurde ein großer Mann.

8. Januar 1935

FEIERTAG

Auf dem Dach eines Hauses saßen zwei Zeichner und aßen Buchweizengrütze.
Plötzlich stieß der eine der beiden Zeichner einen Freudenschrei aus und zog ein langes Taschentuch aus der Tasche. Ihm war eine glänzende Idee gekommen – in einen Zipfel des Taschentuchs ein Zwanzigkopekenstück einzubinden, beides vom Dach hinunter auf die Straße zu werfen und zu beobachten, was das wohl gäbe.
Der zweite Zeichner hatte den Gedanken des ersten schnell erfaßt, aß die Buchweizengrütze zu Ende, schneuzte sich mit den Zeigefingern, leckte sie sauber und begann, den ersten Zeichner zu beobachten.
Allein, die Aufmerksamkeit beider Zeichner wurde von dem Versuch mit dem Taschentuch und dem Zwanzigkopekenstück abgelenkt. Auf dem Dach, auf dem die beiden Zeichner saßen, begab sich ein Ereignis, das nicht unbemerkt bleiben konnte.
Der Hauswart Ibragim nagelte eine lange Latte an den Schornstein, an der eine verblichene Fahne befestigt war.
Die Zeichner fragten Ibragim, was das zu bedeuten habe, worauf Ibragim ihnen antwortete:
– Das bedeutet, heute ist Feiertag.
– Und was für ein Feiertag, Ibragim? – fragten die Zeichner.
– Na Feiertag, weil unser geliebter Dichter ein neues Werk verfaßt hat! – sagte Ibragim.
Und die Zeichner, beschämt in ihrer Ignoranz, lösten sich in Luft auf.

9. Januar 1935

VORFALL AUF DER STRASSE

Einmal sprang ein Mann von der Straßenbahn ab, aber so unglücklich, daß er unter ein Auto geriet.

Der Verkehr stockte, und ein Milizionär begann zu ermitteln, wie dieses Unglück geschehen war.

Der Chauffeur erklärte etwas lange und zeigte dabei immer auf die Vorderräder des Autos.

Der Milizionär befühlte die Reifen der Vorderräder und notierte in seinem Büchlein den Namen der Straße.

Ringsum hatte sich eine ziemlich große Menschenmenge angesammelt.

Ein Bürger mit traurigen Augen fiel dauernd von der Bordsteinkante.

Eine Dame betrachtete dauernd eine andere Dame, und diese betrachtete ihrerseits die erste Dame.

Dann verlief sich die Menge, und der Verkehr nahm wieder seinen gewohnten Lauf.

Der Bürger mit den traurigen Augen fiel noch lange immer wieder von der Bordsteinkante, und am Ende, sichtlich verzweifelt an seinem Vorhaben, auf der Bordsteinkante festen Fuß zu fassen, legte er sich einfach auf den Gehsteig.

In diesem Augenblick geriet ein Mann, der einen Stuhl trug, unter die Straßenbahn.

Wieder kam der Milizionär, wieder sammelte sich eine Menschenmenge und hielt den Verkehr auf. Und der Bürger mit den traurigen Augen begann wieder, von der Bordsteinkante zu fallen.

Ja, und dann wurde alles wieder gut, und sogar Ivan Semënovič kehrte in die Kneipe zurück.

10. Januar 1935

...

Das Fenster hinter der Gardine wurde heller und heller, denn der Tag begann. Die Fußböden begannen zu knarren, die Türen zu quietschen, in den Wohnungen wurden Stühle gerückt. Ružeckij fiel, beim Aufstehen aus dem Bett, zu Boden und schlug sich das Gesicht blutig. Er hatte es eilig, zur Arbeit zu kommen, und ging deshalb auf die Straße, die Hände einfach vors Gesicht geschlagen. Die Hände hinderten Ružeckij am Sehen, er sah nicht, wohin er ging, und rannte deshalb zweimal gegen eine Litfaßsäule, rempelte einen alten Mann im Kalikothut mit Pelzohrenschützern an, womit er den Alten in solche Raserei versetzte, daß der hier in der Nähe beschäftigte Hauswart, der soeben versuchte, eine Katze mit dem Spaten zu erlegen, zu dem tobenden Alten sagte: »Du solltest dich schämen, Väterchen, dich in deinem Alter noch so aufzuführen!«

Januar 1935

. . .

Ein dicker Mann hatte ein Verfahren ersonnen, um abzunehmen. Und er nahm ab. Da bestürmten ihn die Damen mit Fragen, wie er es geschafft habe abzunehmen. Er aber gab den Damen zur Antwort, einem Mann stünde es wohl zu Gesicht abzunehmen, nicht dagegen Damen, denn Damen, sagte er, müßten füllig sein.
Und er hatte zutiefst recht.

. . .

– Sehen Sie, – sagte er, – ich habe gesehen, wie Sie vorgestern mit ihnen Boot gefahren sind. Einer von ihnen saß am Steuer, zwei ruderten, und der vierte saß neben Ihnen und unterhielt sich mit Ihnen. Ich habe lange am Ufer gestanden und zugesehen, wie die zwei ruderten. Und ja, ich wage die kühne Behauptung, sie hatten vor, Sie zu ertränken. So rudert man nur vor einem Mord.

Die Dame mit den gelben Handschuhen hob den Blick zu Klopov.

– Was meinen Sie damit? – sagte sie. – Wieso rudert man vor einem Mord anders als sonst? Und welchen Sinn sollte es haben, mich zu ertränken?

Klopov wandte sich abrupt der Dame zu:

– Wissen Sie, was der eherne Blick ist?

– Nein, – sagte die Dame und rückte unwillkürlich von Klopov ab.

– Aha, – sagte Klopov. – Wenn ein zartes Porzellantäßchen vom Schrank fällt und zu Boden fliegt, so wissen Sie noch im selben Augenblick, da es durch die Luft fliegt, daß es den Boden berühren und in Stücke zerschellen wird. Und ich weiß, wenn ein Mensch einen anderen Menschen mit dem ehernen Blick ansieht, so wird er ihn früher oder später unweigerlich ermorden.

– Und die sollen mich mit dem ehernen Blick angesehen haben? – fragte die Dame mit den gelben Handschuhen.

– Jawohl, gnädige Frau, – sagte Klopov und setzte den Hut auf.

Eine Zeitlang schwiegen beide. Klopov saß da und ließ den Kopf hängen.

– Verzeihen Sie mir, – sagte er auf einmal leise.

Die Dame mit den gelben Handschuhen sah ihn erstaunt an und schwieg.

– Es ist alles gelogen, – sagte Klopov. – Das mit dem ehernen Blick habe ich mir eben ausgedacht, hier auf dieser Bank neben Ihnen. Sehen Sie, ich habe heute meine Uhr zerbrochen, und mir erscheint alles in düsteren Farben.
Klopov zog ein Tuch aus der Tasche, entfaltete es und hielt der Dame die zerbrochene Uhr hin.
– Sechzehn Jahre habe ich sie getragen. Sie verstehen, was das heißt? Eine Uhr zu zerbrechen, die einem sechzehn Jahre lang hier unter dem Herzen getickt hat? Haben Sie eine Uhr?

ES WAR EINMAL EIN MANN

Es war einmal ein Mann, der hieß Kuznecov. Er kam aus dem Haus und wollte in das Warenhaus, um Tischlerleim zu kaufen, denn er hatte einen Küchenhocker zu reparieren.

Als Kuznecov an einem noch im Bau befindlichen Haus vorbeiging, fiel von oben ein Dachziegel herab und traf Kuznecov am Kopf.

Kuznecov fiel der Länge nach hin, sprang aber sofort wieder auf die Füße und befühlte seinen Kopf. Auf seinem Kopf wuchs eine riesige Beule.

Kuznecov strich sich mit der Hand über die Beule und sagte:

– Ich, Bürger Kuznecov, komme aus dem Haus und will ins Warenhaus, um... um... um... Aber was ist das? Ich habe vergessen, warum ich ins Warenhaus wollte!

In diesem Augenblick fiel ein zweiter Ziegel vom Dach und traf Kuznecov abermals am Kopf.

– Ach! – rief Kuznecov, griff sich an den Kopf und befühlte dort die zweite Beule.

– Ist das eine Geschichte! – sagte Kuznecov. – Ich, Bürger Kuznecov, komme aus dem Haus und will in... in... in... wohin will ich? Ich habe vergessen, wo ich hinwill!

Da fiel ein dritter Ziegel herab und traf Kuznecov. Und Kuznecov wuchs am Kopf eine dritte Beule.

– Aj-aj-aj! – rief Kuznecov und faßte sich an den Kopf. – Ich, Bürger Kuznecov, komme aus... aus... aus... komme aus dem Weinkeller? Nein. Komme aus dem Faß? Nein! Woher komme ich?

Vom Dach fiel ein vierter Ziegel, schlug Kuznecov ins Genick, und Kuznecov wuchs eine vierte Beule.

– Also, da hört sich doch alles auf! – sagte Kuznecov und kratzte sich im Genick. – Ich... ich... ich... Wer bin ich?

Ich habe doch nicht etwa vergessen, wie ich heiße... Ist das eine Geschichte! Wie heiße ich denn? Vasilij Petuchov? Nein. Nikolaj Sapogov? Nein. Pantelej Rysakov? Nein. Also, wer bin ich dann?
Aber da fiel ein fünfter Ziegel vom Dach und versetzte Kuznecov einen so harten Schlag auf den Hinterkopf, daß Kuznecov endgültig alles auf der Welt vergaß und mit dem Ruf »O-ho-ho!« durch die Straßen lief.
Bitte! Wenn jemand auf der Straße einem Menschen begegnet, der fünf Beulen am Kopf hat, so sage er ihm, daß er Kuznecov heißt und daß er Tischlerleim kaufen gehen wollte, um einen lädierten Küchenhocker zu reparieren.

1. November 1935

EIN RITTER

Aleksej Alekseevič Alekseev war ein wahrer Ritter. Einmal, zum Beispiel, als er aus dem Straßenbahnfenster sah, wie eine Dame über den Bordstein stolperte und aus ihrer Handtasche ein gläserner Lampenschirm fiel, der auf der Stelle zu Bruch ging, beschloß Aleksej Alekseevič, weil er dieser Dame helfen wollte, sich selbst aufzuopfern, er sprang während der Fahrt von der Straßenbahn ab, stürzte und schlug sich am Straßenpflaster die Fresse auf. Ein andermal, als er sah, wie eine Dame über einen Zaun kletterte und dabei mit dem Rock an einem Nagel hängenblieb, so daß sie, rittlings auf dem Zaun sitzend, weder vor noch zurück konnte, erregte sich Aleksej Alekseevič dermaßen, daß er sich vor Aufregung mit der Zunge die beiden vorderen Schneidezähne eindrückte. Mit einem Wort, Aleksej Alekseevič war der ritterlichsten Ritter einer, und nicht nur den Damen gegenüber. Mit unerhörter Leichtigkeit war er bereit, sein Leben zu opfern für Glauben, Zar und Vaterland, was er im Jahre 14 bewies, bei Ausbruch des deutschen Krieges, als er mit dem Ruf »Für die Heimat« aus einem Fenster im dritten Stock auf die Straße gestürzt war. Wie durch ein Wunder war Aleksej Alekseevič am Leben geblieben, er trug nur ein paar Schrammen davon und wurde alsbald, als derart selten-eifriger Petriot, an die Front geschickt.

An der Front zeichnete sich Aleksej Alekseevič durch unerhört erhabene Gefühle aus, und jedesmal, wenn er die Worte »Fahne«, »Fanfare« oder auch nur »Epauletten« aussprach, lief ihm eine Träne der Rührung über das Gesicht.

Im Jahre 16 wurde Aleksej Alekseevič an den Lenden verwundet und von der Front entfernt.

Als Invalide der 1. Kategorie brauchte Aleksej Alekseevič nicht zu dienen und nutzte die freie Zeit, um seine patriotischen Gefühle dem Papier anzuvertrauen.
Einmal, im Gespräch mit Konstantin Lebedev, sagte Aleksej Alekseevič seinen Lieblingssatz: »Ich habe für die Heimat gelitten und meine Lenden für sie geopfert, aber ich existiere kraft der Überzeugung meines hinteren Unterbewußtseins.«
– Schöner Dummkopf! – sagte darauf Konstantin Lebedev zu ihm. – Den höchsten Dienst erweist dem Vaterlande nur der *Liberale*.
Aus irgend einem Grunde fielen diese Worte Aleksej Alekseevič tief ins Herz, und so bezeichnete er sich im Jahre 17 bereits als *Liberalen, der seine Lenden für das Vaterland geopfert hatte*.
Die Revolution begrüßte Aleksej Alekseevič mit Begeisterung, ungeachtet sogar der Tatsache, daß er von nun an keine Pension mehr bezog. Eine Zeitlang versorgte ihn Konstantin Lebedev mit Rohrzucker, Schokolade, konserviertem Speck und Weizengries. Aber als Konstantin Lebedev plötzlich, niemand weiß wohin, verschwunden war, sah sich Aleksej Alekseevič gezwungen, auf die Straße zu gehen und um Almosen zu bitten. Anfangs streckte Aleksej Alekseevič die Hand aus und sagte: »Bitte eine milde Gabe um Christi willen für einen, der seine Lenden für die Heimat geopfert hat.« Aber das zog nicht. Da ersetzte Aleksej Alekseevič das Wort »Heimat« durch das Wort »Revolution«. Aber das zog auch nicht. Da verfaßte Aleksej Alekseevič ein revolutionäres Lied, und wenn er auf der Straße einen Menschen gewahrte, der nach Meinung von Aleksej Alekseevič imstande war, ein Almosen zu geben, trat er einen Schritt vor und begann stolz, würdevoll den Kopf in den Nacken geworfen, zu singen:

Auf die Barrikaden
wolln wir alle ziehn!
Für die Freiheit schlagen
wir zum Krüppel uns – und sind alle hin.

Und keck wie ein Pole mit dem Stiefelabsatz aufstampfend, hielt Aleksej Alekseevič die Mütze auf und sagte: »Bitte ein Almosen um Christi willen.« Das half, und Aleksej Alekseevič war von nun an selten ohne Mahlzeit.

Alles ging gut, aber da lernte Aleksej Alekseevič im Jahre 22 einen gewissen Ivan Ivanovič Puzyrëv kennen, der auf dem Heumarkt einen Handel mit Sonnenblumenöl betrieb. Puzyrëv lud Aleksej Alekseevič ins Café ein, spendierte ihm echten Bohnenkaffee und erläuterte ihm, Torte mampfend, irgend ein kompliziertes Unternehmen, von dem Aleksej Alekseevič lediglich begriff, daß auch er etwas tun müsse, wofür er von Puzyrëv hochwertige Lebensmittel bekommen würde. Aleksej Alekseevič war einverstanden, und als Anzahlung steckte Puzyrëv ihm unter dem Tisch zwei Päckchen Tee und eine Schachtel Zigaretten Marke »Radža« zu.

Danach ging Aleksej Alekseevič allmorgendlich zu Puzyrëv auf den Markt, holte bei ihm irgendwelche Papiere mit krakeligen Unterschriften und zahllosen Stempeln ab, nahm, wenn es Winter war, den Schlitten, wenn es im Sommer geschah, den Handwagen und begab sich auf Weisung Puzyrëvs zu verschiedenen Behörden, wo er, nach Vorweisen der Papiere, irgendwelche Kisten in Empfang nahm, die er auf seinen Schlitten oder Handwagen lud und gegen Abend zu Puzyrëv in die Wohnung brachte. Aber eines Abends, als Aleksej Alekseevič seinen Schlitten zu Puzyrëvs Wohnung zog, traten zwei Männer auf ihn zu, von denen einer einen Militärmantel trug, und fragten ihn: »Heißen Sie – Alekseev?« Dann

setzten sie Aleksej Alekseevič in ein Auto und fuhren ihn ins Gefängnis.
Während der Verhöre verstand Aleksej Alekseevič kein Wort und sagte immer nur, er habe für die revolutionäre Heimat gelitten. Aber dessen ungeachtet wurde er zu 10 Jahren Verbannung in die nördlichen Teile seines Vaterlandes verurteilt. Im Jahre 28 nach Leningrad zurückgekehrt, schickte Aleksej Alekseevič sich an, seinem früheren Handwerk nachzugehen, stellte sich an die Ecke Volodarskij-Gasse, warf würdevoll den Kopf in den Nacken, stampfte mit dem Stiefelabsatz auf und begann zu singen:

Auf die Barrikaden
wolln wir alle ziehn!
Für die Freiheit schlagen
wir zum Krüppel uns – und sind alle hin!

Aber er hatte das keine zweimal gesungen, als er im geschlossenen Wagen irgendwohin in Richtung Admiralität abtransportiert wurde. Hast du nicht gesehen.
Das ist die kurze Lebensgeschichte des heldenmütigen Ritters und Patrioten Aleksej Alekseevič Alekseev.

. . .

Ein Mechaniker beschloß, während der Arbeit abwechselnd mal auf dem einen, mal auf dem anderen Bein zu stehen, um nicht so schnell zu ermüden.
Aber es kam nichts dabei heraus, er ermüdete schneller als zuvor, und mit der Arbeit klappte es auch nicht mehr so wie früher.
Der Mechaniker wurde ins Kontor gerufen und bekam einen Verweis mit Vorwarnung.
Der Mechaniker aber beschloß, gegen seine Natur anzukämpfen, und stand während der Arbeit weiterhin auf einem Bein.
Lange kämpfte der Mechaniker gegen seine Natur an, aber als er am Ende Kreuzschmerzen verspürte, die mit jedem Tag stärker wurden, war er gezwungen, einen Arzt aufzusuchen.

27. Aug. 1936

DIE KASSIERERIN

Maša hatte einen Pilz gefunden, ihn gepflückt und trug ihn zum Markt. Auf dem Markt bekam sie ein paar hinter die Ohren, und man versprach ihr auch noch Hiebe auf die Beine. Maša erschrak und lief weg. Sie kam in die Kooperative gelaufen und wollte sich dort hinter der Kasse verstecken.

Aber der Geschäftsführer entdeckte Maša und sagt:

– Was hast du da in der Hand?

Maša sagt:

– Einen Pilz.

Der Geschäftsführer sagt:

– So siehst du aus, Schlaumeierin! Willst du, daß ich dir eine Stelle beschaffe?

Maša sagt:

– Das tust du ja doch nicht.

Der Geschäftsführer sagt:

– Und ob ich das tue!

Und er ließ Maša die Kurbel an der Kasse drehen.

Maša drehte und drehte und war auf einmal tot. Die Miliz kam, setzte ein Protokoll auf und ließ den Geschäftsführer Strafe zahlen – 15 Rubel.

Der Geschäftsführer sagt:

– Wofür denn Strafe?

Die Miliz sagt:

– Wegen Mordes.

Der Geschäftsführer erschrak, zahlte schnellstens die Strafe und sagt:

– Bringen Sie nur schnell diese tote Kassiererin fort.

Doch der Verkäufer der Gemüseabteilung sagt:

– Nein, das ist nicht wahr, sie war gar keine Kassiererin. Sie hat nur die Kurbel gedreht. Die Kassiererin sitzt dort.

Die Miliz sagt:

– Das ist uns egal. Wir haben die Kassiererin mitzunehmen, also nehmen wir sie mit.
Die Miliz ging auf die Kassiererin zu. Die Kassiererin legte sich auf den Fußboden und sagt:
– Ich gehe nicht mit.
Die Miliz sagt:
– Warum willst du nicht mitgehn, dumme Gans?
Die Kassiererin sagt:
– Ihr wollt mich bei lebendigem Leibe begraben.
Die Miliz versuchte, die Kassiererin vom Boden aufzuheben, aber es gelingt einfach nicht, denn die Kassiererin ist sehr beleibt.
– Nehmt sie doch an den Beinen, – sagt der Verkäufer aus der Gemüseabteilung.
– Nein, – sagte der Geschäftsführer, – diese Kassiererin dient mir anstelle einer Ehefrau. Und deshalb bitte ich Sie, sie nicht unten herum auszuziehen.
Die Kassiererin sagt:
– Hört ihr? Ihr dürft mich unten herum nicht ausziehen.
Die Miliz nahm die Kassiererin unter den Achselhöhlen und schleifte sie aus der Kooperative.
Der Geschäftsführer ließ die Verkäufer das Geschäft aufräumen und den Handel wieder aufnehmen.
– Und was machen wir mit der Toten? – sagt der Verkäufer aus der Gemüseabteilung und zeigte auf Maša.
– Du lieber Gott, – sagt der Geschäftsführer, – sind wir denn alle des Teufels? Tatsächlich, was machen wir mit der Toten?
– Und wer soll an der Kasse sitzen? – fragt der Verkäufer.
Der Geschäftsführer faßte sich an den Kopf. Mit dem Knie riß er die Äpfel von der Stellage und sagt:
– Schöner Schlamassel.
– Schöner Schlamassel, – sagen die Verkäufer im Chor.

Plötzlich strich sich der Geschäftsführer den Schnurrbart glatt und sagt:
– He-he! Mich legt so leicht keiner rein. Setzen wir die Tote an die Kasse, vielleicht merken die Leute nicht, wer da an der Kasse sitzt.
So setzten sie die Tote an die Kasse, steckten ihr eine Zigarette in den Mund, damit sie lebendiger aussah, und gaben ihr, der Lebensechtheit halber, den Pilz in die Hand. So sitzt eine Tote an der Kasse wie lebendig, nur im Gesicht ist sie sehr grün, und das eine Auge steht offen, das andere ist völlig zu.
– Macht nichts, – sagt der Geschäftsführer, – das geht schon so.
Und die Leute pochen schon an die Tür, regen sich auf, warum die Kooperative nicht aufmacht. Eine Hausfrau in Seidenmantille ist besonders in Fahrt: sie schüttelt das Portemonnaie und zielt mit dem Absatz gegen die Türklinke. Und hinter der Hausfrau kreischt eine Alte mit einem Kissenbezug auf dem Kopf, schimpft und flucht und nennt den Geschäftsführer der Kooperative einen Verbrecher.
Der Geschäftsführer öffnete die Tür und ließ die Leute herein. Die stürzten geradewegs in die Fleischabteilung, und danach dorthin, wo es Zucker und Pfeffer gibt. Die Alte lief sofort in die Fischabteilung, aber unterwegs warf sie einen Blick auf die Kassiererin und blieb stehen.
– Gott, – sagte sie, – Gott steh uns bei!
Und die Hausfrau in der Seidenmantille hatte schon alle Abteilungen abgelaufen und strebt schnurstracks der Kasse zu. Aber kaum hatte sie die Kassiererin erblickt, blieb sie stehen, steht schweigend da und schaut. Auch die Verkäufer schweigen und schauen auf den Geschäftsführer. Und der Geschäftsführer schaut hinter einer Stellage hervor und wartet, was weiter geschieht.

Die Hausfrau in der Seidenmantille hat sich zu den Verkäufern umgewandt und sagt:
– Wer sitzt denn bei Ihnen an der Kasse?
Doch die Verkäufer schweigen, weil sie nicht wissen, was sie antworten sollen. Der Geschäftsführer schweigt ebenfalls.
Da lief von allen Seiten das Volk zusammen. Schon auf der Straße hat sich eine Menschenmenge gebildet. Hauswarte sind erschienen. Pfiffe ertönten. Mit einem Wort: ein regelrechter Skandal.
Die Menge hätte wohl bis zum Abend vor der Kooperative gestanden. Aber da sagte jemand, in der See-Gasse fielen in einem Fort die alten Frauen aus den Fenstern. Da lichtete sich die Menge vor der Kooperative, weil viele nun in die See-Gasse gingen.

31. Aug. 1936

Bibikov erstieg den Berg, verfiel in Gedanken und stürzte ab. Die Tschetschenen lasen Bibikov auf und setzten ihn wieder auf den Berg. Bibikov dankte den Tschetschenen und stürzte abermals den Abhang hinunter. Hatten sie nicht gesehen.

Jetzt erstieg Augenapfel den Berg, schaute durchs Fernglas und sah einen Reiter.

– He! – rief Augenapfel, – wo ist hier in der Nähe ein Duchan?

Der Reiter verschwand hinter dem Berg, tauchte dann im Gebüsch auf, verschwand im Gebüsch, tauchte dann im Tal auf, verschwand dann am Fuße des Berges, tauchte dann auf dem Kamm auf und ritt Augenapfel entgegen.

– Wo ist hier in der Nähe ein Duchan? – fragte Augenapfel.

Der Reiter zeigte auf seine Ohren und auf seinen Mund.

– Was, bist du taubstumm? – fragte Augenapfel.

Der Reiter kratzte sich im Genick und zeigte auf seinen Bauch.

– Ja und? – fragte Augenapfel.

Der Reiter holte einen Holzapfel aus der Tasche und biß ihn glatt in zwei Hälften.

Da wurde es Augenapfel schlecht, und er beschloß, den Rückzug anzutreten.

Der Reiter aber zog die Stiefel aus und ruft plötzlich:

– Chaa-gallan!

Augenapfel sprang unversehens zur Seite und stürzte den Abhang hinunter.

In diesem Augenblick kam Bibikov, der noch vor Augenapfel zweimal den Abhang hinuntergestürzt war, wieder zu sich und begann, auf allen Vieren hochzukriechen. Plötzlich merkt er: von oben fällt jemand auf ihn herab.

Bibikov kriecht eilig zur Seite, beobachtet von dort und sieht: da liegt ein Bürger in karierten Hosen. Bibikov setzt sich auf einen Stein und beginnt zu warten.
Der Bürger in den karierten Hosen lag etwa vier Stunden regungslos, dann hob er den Kopf und fragt, niemand weiß wen:
– Wem gehört dieser Duchan?
– Was für ein Duchan? Das ist kein Duchan, – antwortet Bibikov.
– Und wer sind Sie? – fragt der Mensch in karierten Hosen.
– Ich bin der Bergsteiger Bibikov. Und Sie?
– Ich bin der Bergsteiger Augenapfel.
So haben Bibikov und Augenapfel sich kennengelernt.

NEUE ANATOMIE

Einem kleinen Mädchen wuchsen an der Nase zwei blaue Bänder. Ein seltener Fall, denn auf dem einen Band stand »Mars« geschrieben, und auf dem anderen »Jupiter«.

DER FALL MIT MEINER FRAU

Wieder versagten meiner Frau die Beine den Dienst. Sie wollte sich in den Sessel setzen, doch die Beine trugen sie irgendwohin zum Schrank und sogar weiter in den Korridor und setzten sie dort auf einen Pappkarton. Aber meine Frau nahm ihren Willen zusammen, erhob sich und bewegte sich auf das Zimmer zu, doch die Beine spielten ihr wieder einen Streich und trugen sie an der Tür vorbei. »Zum Teufel!...« – sagte meine Frau, den Kopf unter das Stehpult gebeugt. Doch ihre Beine spielten ihr weitere Streiche und zerbrachen sogar eine Glasschüssel, die im Flur auf dem Fußboden gestanden hatte.

Endlich hatte sie es geschafft und setzte sich in ihren Sessel.

– So, da bin ich, – sagte meine Frau, lächelte breit und zog sich aus dem Nasenflügel die Splitter, die sich dorthin verirrt hatten.

...

So begann das Ereignis in der Nachbarwohnung.
Alekseev aß Brei und schüttete die Reste seines Essens in den Mülleimer der Gemeinschaftsküche. Frau Gorochova, die das sah, sagte zu Alekseev, daß gestern sie den Eimer hinunter auf den Hof gebracht habe, und wenn er den Eimer jetzt benütze, solle er ihn heute abend selber hinunterbringen. Alekseev sagte, er habe für solche Lap-Lappalien keine Zeit, und bot Madame Gorochova drei Rubel monatlich, wenn sie den Eimer sauberhielte. Madame Gorochova war über dieses Angebot derart beleidigt, daß sie Alekseev viele überflüssige Worte sagte und sogar einen Eßlöffel, der in ihrer Hand lag, zu Boden warf und sagte, daß sie aus einer sehr vornehmen Familie stamme und bessere Zeiten im Leben gesehen habe und daß sie schließlich kein Dienstmädchen sei und deshalb auch keine Gegenstände aufhebe, die hingefallen seien. Mit diesen Worten verließ Madame Gorochova die Küche und ließ den verwirrten Alekseev allein am Mülleimer stehen. Jetzt also mußte Alekseev den Eimer auf den Hof hinunter zur Müllgrube schleppen. Furchtbar unangenehm. Alekseev verfiel in Gedanken. Er, ein Arbeiter der Wissenschaft, und sich mit dem Mülleimer abgeben! Das war doch eine Beleidigung, wenn nicht noch mehr! Alekseev ging in der Küche auf und ab. Plötzlich schoß ihm ein Gedanke durch den Kopf. Er hob den von Madame Gorochova hingeworfenen Eßlöffel auf und ging festen Schrittes auf den Mülleimer zu.
– Ja, – sagte Alekseev und ging vor dem Eimer in die Hocke. Von Ekel gewürgt, aß er den ganzen Brei auf und kratzte mit dem Löffel und den Fingern den Boden aus.
– So, – sagte Alekseev, während er den Löffel unter dem

Warmwasserhahn abwusch. – Und den Eimer trage ich trotzdem nicht auf den Hof.
Nachdem er den Löffel an seinem Taschentuch abgetrocknet hatte, legte er ihn auf den Küchentisch und ging in sein Zimmer.
Einige Augenblicke später kam die erboste Madame Gorochova in die Küche. Sie bemerkte sofort, daß der Löffel vom Fußboden aufgehoben worden war und auf dem Tisch lag. Madame Gorochova warf einen Blick in den Mülleimer, und da sie sah, daß sich auch der Eimer in sauberem Zustand befand, bekam sie gute Laune, setzte sich auf den Küchenhocker und begann, Mohrrüben zu putzen.
– Wenn ich etwas will, erreiche ich es auch, – sagte Madame Gorochova zu sich selbst. – Mir widerspricht man besser nie. Ich gebe keinem nach. Nicht so viel! – sagte Madam Gorochova, indem sie ein klitzekleines Spitzchen von der Mohrrübe abschnitt.
In diesem Augenblick ging Alekseev an der Küche vorbei über den Korridor.
– Aleksej Alekseevič! – rief Madae Gorochova. – Wo gehen Sie hin?
– Ich gehe nicht weg, Viktorija Timofeevna, – sagte Alekseev und blieb in der Küchentür stehen. – Ich wollte ins Badezimmer.

DAS VERZEICHNIS DER TIERE

WIDMUNG

Stell dich darauf ein zu hören das Verzeichnis der Tiere: der herrschenden, majestätischen, geduckten, vergoldeten, niedergedrückten und tief sich verneigenden. Kämm dich, wenn du einen Bart hast, rasiere ihn ab, wasch dir die Hände und setz dich.
Dir, o Leser meiner Werke, sind diese Seiten zugeeignet. Kleine Rauchwölkchen umwehen deinen Kopf. Mit deinen Füßen streichelst du den Kater, und in den Händen hältst du einen kleinen Messingvogel. Denkst du zu lachen über mein Buchstabengekritzel, oder denkst du, gleich der unvernünftigen Trappe, an meinem Auge vorbeizufliegen und in der Luft nur eine bunte Feder zu hinterlassen?
Halt! Nicht so eilig, Leser, verzieh nicht gleich die Lippen zu einem Lächeln auf deinem unverschämten Gesicht und spring nicht gleich vor mir zur Seite. Laß dich anschauen. Vielleicht bist du krumm und verwachsen und hast zu schmale Schultern? Und schläfst vielleicht im Dreck und hast den ganzen Tag Schweißhände? Vielleicht hast du überhaupt nichts im Kopf, vielleicht bist du einfach eine Mißgeburt? Dann lauf weiter, lache und mach, was du willst, denn ich habe auch einen anderen Leser, der besser ist als du! Er ist ebenmäßig gewachsen und breitschultrig, lebt im Wohlstand und schläft in einem sauberen Bett, wäscht sich die Hände mit Alaun und schneuzt sich in schneeweiße Taschentücher. Er ist klug: das sieht man sofort. Er hat eine vertikale Falte auf der Stirn, und seine Augenbrauen sind stets leicht gerunzelt. Er trägt einen schönen Anzug aus einem Wollstoff, hat ein kleines Filzmützchen auf dem Kopf, und im Winter zieht er über dieses Mützchen eine Kapuze aus Kamel-

haar. Er raucht beinahe ununterbrochen: morgens raucht er die kurze gerade Pfeife, tagsüber und am Abend die gebogene. Manchmal raucht er auch Zigarren, und wenn man ihm eine Zigarette anbietet, raucht er die Zigarette. Er ist der ideale Leser, denn er küßt jedes gelesene Buch und legt es in die Truhe aus dunkler karelischer Birke mit Kupferplättchen an den Ecken. In dieser Truhe liegen schon 36 Bücher. Ich möchte, daß mein Buch das 37-te wird!
Dir und nur dir, lieber Leser, widme ich dieses Buch, und damit gehe ich, ohne zu zögern, über zu dem Verzeichnis der Tiere.

DAS VERZEICHNIS DER TIERE

Das ist der Zwergpinscher. Er ist das angenehmste aller Tiere, denn er ist der Biene ähnlich. Er kann pfeifen. Er ist meinem Herzen angenehm.
Das ist der Löwe. Er ist ein schreckliches Tier. Sein Blick ist klug, er selbst ist aber dumm. Er wirft sich gegen die dicken Eisenstäbe seines Käfigs und beißt hinein mit seinen Fangzähnen. Mit seinen mächtigen Pfoten schlägt er auf den hölzernen Stumpf. Er brüllt mit schrecklicher Stimme, niemand weiß was, und wenn er brüllt, versetzt das alle anderen Tiere in schreckliche Aufregung. Er aber brüllt und legt sich manchmal eine Viertelstunde lang ins Zeug, und dann, nachdem er das Maul aufgerissen hat, legt er sich hin und schaut mit weisem Blick auf die stinkende Menge. Geht alle weg von ihm! Er ist ein unglückseliger Dummkopf. Haltet ihn nicht im Käfig. Bringt ihn nach Hause und entlaßt ihn in die Freiheit, wo er hingehört. Laufen wird er, mit hoch erhobenem Schwanz! Laufen wird er, und mit den Hinterpfoten den Sand aufwirbeln, der so gelb ist wie er selbst. Laufen wird er an den fernen klaren Bach, wird kühles Wasser trinken

und dann, den Rachen weit aufgerissen, brüllen mit seiner furchtbaren Stimme, zum Lobe Des Schöpfers aller Dinge. Löwe, Löwe! dein Lebensraum ist nicht die Stadt der Menschen!

Und das ist der Ameisenbär. Wenn er einen Feind sieht, zieht er sich zurück und läuft weg. Wohin er läuft? Er sieht ganz so aus, als laufe er in einen Laden. Aber nein, er läuft vorbei an dem Laden und weiter in den Wald. Im Walde kennt er viele heimliche Verstecke, dort rettet er sein Leben. Er kriecht in eine Grube, bewirft sich dort mit Erde und herabgefallenen Blättern und streckt zum Atmen einzig seinen langen und dünnen Rüssel hervor. In diesem Rüssel hat er eine Öffnung, und durch diese Öffnung kann er seine Zunge wandern lassen. Ein dummes Tier, der Ameisenbär: er lebt unter Wasser und ernährt sich ausschließlich von ekligen Würmern.

Aber es gibt ein Tier, das noch dümmer ist als der Ameisenbär: das Pferd. Es hat große, hervorquellende Augen, die nur den stumpfen Kummer widerspiegeln, und manchmal die Bosheit. Da steht es im Stall und bewegt seine weichen Lippen. Komm ihm nicht zu nahe, Besitzer. Komm ihm nicht zu nahe, denn das Pferd lauert nur darauf, dich in die Schulter zu beißen mit seinen gelben Zähnen.

Pferd, Pferd! Bist du nicht einst durch Arabiens Wüsten gesprengt! Bist du es nicht, das die Araber mit schwarzem Kaffee getränkt! Nachts bist du durch die finsteren Steppen gestürmt, hast über Flüsse gesetzt und mit den Hufen erschlagen den Siedler, der dir den Weg verstellte. Sie fingen dich ein mit dem langen Lasso, du aber hast das Lasso den Händen der Fänger entrissen, bist vorwärts geflogen, und heiß mit einem Pfeifen entrang die Luft sich deinen Nüstern. Du, unbezwinglich, hast den wilden Reiter abgeworfen und ihn mit dem Gesicht über den

Boden geschleift. Du bist geflohen, bis weißer Schaum deinen Körper bedeckte. Dann bist du auf die Seite gefallen und hast den Geist aufgegeben.
Und wozu bist du geflohen, unvernünftiges Tier? Wohin hat es dich getrieben? Dein Pferdeschicksal trieb dich ohne jedes Ziel. Pferd, du bist unter den Tieren das allerwiderwärtigste, du bist meinem Herzen widerwärtig!
Und da ist noch ein Tier, das ist der Nachtlemur. Er fliegt wie ein Vogel von Ast zu Ast, und aus den Augen hängen ihm Fäden. Der Lemur ist der Luftmensch.
Und das ist der Jaguar, er leckt seine Jungen und schmiedet einen Fluchtplan. Matvej, der Wärter, kommt ohne Angst zu ihm in den Käfig, denn der Jaguar wird längst für zahm gehalten. Matvej, der Wärter, krault ihn hinter den Ohren. Und der Jaguar liebt das. Noch mehr aber liebt er die Freiheit. Er spürt, er könnte wohl entwischen irgendwie, mithilfe von Matvej, er weiß nur noch nicht wie. Da kommt Matvej in seinen Käfig. Der Jaguar steht auf, er dehnt und streckt sich und trottet auf das offne Türchen zu. »He, du!« – ruft ihn Matvej, der Wärter, an und versetzt ihm in die Seite einen Tritt. Der Jaguar bleckt die Zähne und bewegt die Schnurrbarthaare. Um zu fliehen, muß er etwas tun. Nur was? Der Jaguar steht da und denkt. Matvej, der Wärter, kriecht aus dem Käfig, verriegelt das Türchen, rumpelt mit der Eisenpfanne und geht weg. Etwas ist zu Ende, ein für alle Male. Der Jaguar rollt sich auf einem Brett zusammen, das oben hängt direkt unter der Käfigdecke, er läßt den Schwanz hinunterhängen und schläft ein.
Und das ist der Elefant. Er ist ein großes kluges Tier. Und mehr ist nicht von ihm zu sagen.
Jetzt der Bär. Von ihm kann ich folgenden Fall erzählen: ein Ingenieur hatte sich einen wertvollen Bären gekauft

und ihn bei sich zu Hause ins Badezimmer gesperrt. Oft kamen Gäste zu dem Ingenieur, um das schreckliche Tier zu besichtigen. Aber der Ingenieur ließ niemanden in das Badezimmer hinein.

...

Ein altes Mütterchen hatte nur vier Zähne im Mund. Drei Zähne oben, und einen unten. Kauen konnte das alte Mütterchen mit diesen Zähnen nicht mehr. Genau genommen waren sie zu nichts mehr nütze. Und da beschloß das alte Mütterchen, sich sämtliche Zähne ziehen zu lassen und stattdessen ins untere Zahnfleisch einen Korkenzieher einsetzen zu lassen, ins obere eine kleine Zange. Das alte Mütterchen trank Tinte und aß rote Rüben, die Ohren putzte es sich mit Streichhölzern. Das alte Mütterchen hatte vier Hasen. Drei Hasen oben, und einen Hasen unten. Das alte Mütterchen fing die Hasen mit den Händen und setzte sie in enge Käfige. Die Hasen weinten und kratzten sich mit den Hinterpfoten die Ohren. Die Hasen tranken Tinte und aßen rote Rüben. Nein sowas! Die Hasen tranken Tinte und aßen rote Rüben!

8. Januar 1937

...

– Ich gebe dir den guten Rat, iß nicht zu viel Pfeffer. Ich habe einen Griechen gekannt – wir fuhren auf demselben Schiff – der aß Pfeffer und Senf in solchen Mengen, er hat sich das Zeug ins Essen geschüttet, ohne hinzuschauen. Nächtelang saß der arme Kerl da, die Pantoffeln in der Hand...

– Warum? – fragte ich.

– Er hatte Angst vor Ratten, und Ratten gab es viele auf dem Schiff. Und so ist der Ärmste schließlich an Schlaflosigkeit gestorben.

3. Januar 1938

. . .

Wenn der Schlaf den Menschen flieht, und der Mensch liegt, dumm die Beine ausgestreckt, auf dem Bett, und nebenan auf dem Tischchen tickt die Uhr, und der Schlaf flieht vor der Uhr, so kommt es dem Menschen vor, als gähne vor ihm ein riesengroßes schwarzes Fenster und als müsse zu diesem Fenster seine dünne graue Menschenseele hinausfliegen, während der leblose Körper, dumm die Beine ausgestreckt, auf dem Bett liegenbleibt, und die Uhr tickt mit ihrem durchdringenden leisen Ticken: »Eben ist noch ein Mensch eingeschlafen«, und in diesem Augenblick schlägt das riesengroße und vollkommen schwarze Fenster zu.
Ein Mensch mit Namen Oknov lag, dumm die Beine ausgestreckt, auf dem Bett und versuchte einzuschlafen. Aber der Schlaf floh Oknov. Oknov lag mit offenen Augen da, und schreckliche Gedanken pochten gegen seinen holzgewordenen Kopf.

1938, 8. März

DER MALER UND DIE UHR

Serov, der Maler, ging zum Obvodnyj Kanal. Wozu ging er dort hin? Um Gummi zu kaufen. Wozu braucht er Gummi? Um sich einen Gummizug zu machen. Und wozu braucht er einen Gummizug? Um ihn zu spannen. So. Was noch? Das hier: Der Maler Serov hat seine Uhr kaputtgemacht. Die Uhr ging gut, aber er hat sie einfach kaputtgemacht. Was sonst noch? Nichts sonst. Nichts, und Schluß aus! Und steck deine verdammte Schnauze nicht immer in Dinge, die dich nichts angehn! Herr du lieber Gott!

Es lebte einmal eine alte Frau. Sie lebte und lebte und verbrannte dann im Ofen. Geschieht ihr recht! Serov, der Maler, war zumindest dieser Ansicht...

Ach! Ich würde noch mehr schreiben, aber auf einmal ist das Tintenfaß verschwunden.

22. Oktober 1938

. . .

Ich wirbelte Staub auf. Kinder liefen mir nach und rissen sich die Kleider vom Leib. Alte Männer und Frauen fielen von den Dächern. Ich pfiff, ich polterte, ich klapperte mit den Zähnen und stieß mit meiner Eisenstange auf. Die abgerissenen Kinder stürzten mir nach und brachen sich, weil sie nicht schnell genug waren, in der rasenden Eile die zarten Beine. Alte Männer und Frauen sprangen um mich herum. Ich stürmte vorwärts! Die schmutzigen rachitischen Kinder, die aussahen wie Mistblätterpilze, verhedderten sich zwischen meinen Füßen. Das Laufen wurde mir schwer. Ich stolperte jeden Augenblick und wäre einmal beinahe in den weichen Brei der sich am Boden wälzenden und zappelnden alten Männer und Frauen gefallen. Ich sprang, riß einigen Mistblätterpilzen die Köpfe ab und trat einer dürren alten Frau auf den Bauch, die laut knirschte und leise hervorstieß: »Das ist das Ende!« Ohne mich umzusehen, lief ich weiter. Jetzt hatte ich unter meinen Füßen sauberes und ebenes Straßenpflaster. Einzelne Laternen leuchteten mir den Weg. Ich kam an das Schwitzbad. Das einladende Licht des Schwitzbads blinzelte mir zu, und der behagliche, aber stickige Dampf des Schwitzbads kroch mir in Nase, Ohren und Mund. Ohne mich auszuziehen, lief ich durch den Vorraum, dann vorbei an Hähnen, Kübeln und Pritschen direkt zur Liegebank. Eine glühend weiße Wolke umgab mich. Ich höre ein schwaches, aber anhaltendes Klingeln. Anscheinend liege ich.
– – Und da hielt ein mächtiges Ausatmen mein Herz an.

1. Februar 1939

ABENTEUER EINES CATERPILLARS

Mišurin war ein Caterpillar. Deshalb, vielleicht aber auch nicht deshalb lag er gern unter dem Sofa oder unter dem Schrank und atmete Staub ein. Er war kein besonders ordentlicher Mensch, und manchmal war seine Schnauze den ganzen Tag voller Staub und voller Fusseln.
Einmal war er eingeladen, deshalb beschloß Mišurin, sich die Physiognomie ein wenig zu spülen. Er schüttete warmes Wasser in eine Schüssel, goß einen Schuß Essig dazu und tauchte sein Gesicht in dieses Wasser. Offensichtlich war in diesem Wasser aber zu viel Essig, denn Mišurin wurde blind. Bis ins hohe Alter ging er vorsichtig tastend, und deshalb, vielleicht aber auch nicht deshalb bekam er noch mehr Ähnlichkeit mit einem Caterpillar.

[16.] August 1940

...

– Ja, – sagte Kozlov, das Bein ausschüttelnd, – sie war furchtbar erschrocken. Und ob! Ho-ho! Aber sie war sich klar darüber, an ein Entkommen war nicht zu denken. Dessen war sie sich immerhin klar. Aber da kamen die Rowdies näher und fingen an, ihr laut ins Ohr zu pfeifen. Sie dachten, sie würden sie mit diesen Pfiffen betäuben. Aber daraus wurde nichts, denn just auf diesem Ohr war sie taub. Da haute ihr einer der Rowdies mit einem Stock gegen das Bein. Aber daraus wurde ebenfalls nichts, weil ihr just dieses Bein schon vor fünf Jahren amputiert und durch eine Prothese ersetzt worden war. Die Rowdies blieben sogar stehen vor Verwunderung, als sie sahen, daß sie einfach seelenruhig weiterging.

– Hervorragend! – sagte Tečorin. – Großartig! Denn was wäre gewesen, wenn ihr die Rowdies von der anderen Seite gekommen wären? Da hat sie Glück gehabt.

– Ja, – sagte Kozlov, – aber normalerweise hat sie kein Glück. Vor vierzehn Tagen hat man sie vergewaltigt, und vorigen Sommer einfach so, aus Frechheit, mit der Pferdepeitsche durchgeprügelt. Die arme Elizaveta Platonovna ist sogar schon gewöhnt an derlei Geschichten.

– Die Ärmste, – sagte Tečorin, – ich hätte nichts dagegen, ihr einen Besuch abzustatten.

MYŠINS SIEG

Myšin hörte:
– He, Myšin, auf stehn!
Myšin sagte:
– Ich stehe nicht auf, – und blieb auf dem Fußboden liegen.
Da trat Kulygin auf Myšin zu und sagte:
– Myšin, wenn du nicht aufstehst, zwinge ich dich, aufzustehen.
– Nein, – sagte Myšin und blieb auf dem Fußboden liegen.
Die Seleznëva trat auf Myšin zu und sagte:
– Myšin, ewig liegen Sie hier im Korridor auf dem Fußboden und stören uns hin und her zu gehen.
– Ich störe und werde stören, – sagte Myšin.
– Also wissen Sie, – sagte Koršunov, aber Kulygin unterbrach ihn und sagte:
– Was soll das lange Gerede! Rufen Sie die Miliz an.
Sie riefen die Miliz an und ließen einen Milizionär kommen.
Eine halbe Stunde später kam der Milizionär in Begleitung des Hauswarts.
– Was ist hier los? – fragte der Milizionär.
– Sehen Sie sich das an, – sagte Koršunov, aber Kulygin unterbrach ihn und sagte:
– Da. Dieser Bürger liegt die ganze Zeit hier auf dem Fußboden und stört uns, über den Korridor zu gehen. Wir sagen zu ihm so, und er so... –
Aber da unterbrach Kulygin die Seleznëva und sagte:
– Wir haben ihn gebeten zu gehen, aber er geht nicht.
– Ja, – sagte Koršunov.
Der Milizionär trat auf Myšin zu.
– Warum liegen Sie hier, Bürger? – fragte der Milizionär.
– Ich ruhe mich aus, – sagte Myšin.
– Hier ist nicht der rechte Ort sich auszuruhen, Bürger, – sagte der Milizionär. – Wo wohnen Sie, Bürger?

– Hier, – sagte Myšin.
– Wo ist Ihr Zimmer? – fragte der Milizionär.
– Er ist unserer Wohnung zugeteilt worden, aber er hat kein Zimmer, – sagte Kulygin.
– Einen Augenblick, Bürger, – sagte der Milizionär, – ich rede gerade mit ihm. Bürger, wo schlafen Sie?
– Hier, – sagte Myšin.
– Erlauben Sie bitte, – sagte Koršunov, aber ihn unterbrach Kulygin und sagte:
– Er hat nicht mal ein Bett und liegt hier einfach auf dem nackten Fußboden.
– Sie beschweren sich schon seit langem über ihn, – sagte der Hauswart.
– Es ist absolut unmöglich, über den Korridor zu gehen, – sagte die Seleznëva. – Ich kann doch nicht ewig über einen Mann klettern. Und er macht mit Absicht die Beine breit und die Arme breit und legt sich noch auf den Rücken und schaut. Ich komme müde von der Arbeit nach Hause, ich brauche meine Ruhe.
– Ich möchte hinzufügen, – sagte Koršunov, aber ihn unterbrach Kulygin und sagte:
– Er liegt hier auch nachts. Im Dunkeln stolpern alle über ihn. Seinetwegen habe ich mir meinen Anzug zerrissen.
Die Seleznëva sagte:
– Ihm fallen dauernd irgendwelche Nägel aus der Tasche. Man kann unmöglich barfuß über den Korridor gehen, ehe man sichs versieht, hat man sich einen Nagel in den Fuß getreten.
– Neulich haben sie ihn mit Kerosin überschütten und verbrennen wollen, – sagte der Hauswart.
– Wir haben ihn mit Kerosin überschüttet, – sagte Koršunov, aber ihn unterbrach Kulygin und sagte:
– Wir haben ihm nur Angst machen wollen und ihn mit Kerosin überschüttet, verbrennen wollten wir ihn nicht.

– Das hätte ich in meiner Gegenwart auch nicht erlaubt, daß Sie einen Menschen bei lebendigem Leibe verbrennen, – sagte die Seleznëva.
– Aber warum liegt dieser Bürger auf dem Korridor? – fragte auf einmal der Milizionär.
– Aber ich bitte Sie sehr! – sagte Koršunov, aber Kulygin unterbrach ihn und sagte:
– Darum, weil für ihn kein anderer Wohnraum da ist: in diesem Zimmer wohne ich, in diesem – die da, in diesem – der hier, und Myšin wohnt eben hier auf dem Korridor.
– Das geht doch nicht, – sagte der Milizionär. – Alle müssen in ihrem Wohnraum wohnen.
– Aber er hat keinen andern als auf dem Korridor, – sagte Kulygin.
– Exactement so ist es, – sagte Koršunov.
– Und ewig liegt er da, – sagte die Seleznëva.
– Das geht aber nicht, – sagte der Milizionär und ging in Begleitung des Hauswarts.
Koršunov sprang auf Myšin zu.
– Nun? – schrie er. – War das nach Ihrem Gusto?
– Warten Sie, – sagte Kulygin, ging auf Myšin zu und sagte:
– Hast du gehört, was der Milizionär gesagt hat? Steh jetzt sofort auf!
– Nein, – sagte Myšin und blieb auf dem Fußboden liegen.
– Jetzt wird er mit Absicht ewig hier herumliegen, – sagte die Seleznëva.
– Bestimmt, – sagte Kulygin gereizt.
Und Koršunov sagte:
– Das bezweifle ich nicht. Parfaîtement!

8. [Oktober] 1940

PASQUILL

Der berühmte Rezitator Anton Isaakovič Š., eben jene historische Persönlichkeit, die im Monat September des Jahres 1940 im Litejnyj Lektorium ausgetreten war, liebte es, vor ihren Konzerten ein-zwei Stündchen zu liegen und auszuruhen. Sie legte sich zuweilen auf die Chaiselongue und sagt: »Jetzt werde ich schlafen«, aber sie schläft nicht. Nach den Konzerten liebte sie es zu Abend zu essen. So kommt sie nach Hause, nimmt am Tisch Platz und sagt zu ihrer Frau: »Also, mein Liebes, nun koch mir doch was Schönes mit Nudeln.« Und während ihre Frau kocht, sitzt sie am Tisch und liest in einem Buch. Ihre Frau ist hübsch, mit Spitzenschürzchen, mit einem Täschchen in der Hand, in dem ein Taschentüchlein und ein Käsetörtchen liegen, ihre Frau läuft durch das Zimmer, klappert mit den Absätzchen ihrer Schuhe wie ein kleiner Schmetterling, sie dagegen sitzt bescheiden am Tisch und wartet auf das Abendessen. Alles ist so harmonisch und wohlanständig. Ihre Frau sagt ihr etwas Angenehmes, und sie nickt ihr beifällig zu. Und husch eilt die Frau zum Buffet und klirrt dort schon mit den Gläschen. »Schenk mir ein Gläschen ein, mein Herzchen«, – sagt sie. »Aber paß auf, Liebling, daß du dich nicht betrinkst«, – sagt die Frau zu ihr. »Wie könnte ich, mein Schnäbelchen, ich werde mich doch nicht betrinken«, – sagt sie und stürzt das Gläschen herunter. Ihre Frau aber droht ihr mit dem Fingerchen, während sie selbst eilends durch die Tür zur Küche läuft. So, unter solch angenehmen Tönen verläuft das ganze Abendessen, und danach legen sie sich schlafen. Nachts, wenn die Fliegen sie nicht stören, schlafen sie ruhig, denn sie beide sind sehr gute Menschen!

12. [Oktober] 1940

DIE ALTE FRAU

...Und zwischen ihnen
entspann sich folgendes Gespräch.
Hamsun

Auf dem Hof steht eine alte Frau und hält eine Wanduhr in der Hand. Ich gehe an der Alten vorbei und frage sie:
– Wie spät ist es?
– Schauen Sie doch hin, – sagt die Alte zu mir. Ich schaue hin und sehe, die Uhr hat keine Zeiger.
– Sie hat keine Zeiger, – sage ich.
Die Alte schaut auf das Zifferblatt und sagt zu mir:
– Es ist dreiviertel drei.
– Ah, so. Vielen Dank, – sage ich und gehe weiter. Die Alte ruft mir noch etwas nach, aber ich gehe weiter, ohne mich umzudrehen. Ich trete auf die Straße hinaus und wähle die Sonnenseite. Die Herbstsonne ist sehr angenehm. Ich gehe zu Fuß, kneife die Augen zusammen und rauche meine Pfeife. An der Ecke Sadovaja treffe ich Sakerdon Michajlovič. Wir begrüßen einander, bleiben stehen und unterhalten uns lange. Mir geht auf die Nerven, daß wir auf der Straße herumstehen, weshalb ich Sakerdon Michajlovič in eine Kneipe einlade. Wir trinken Vodka, essen hartgekochte Eier und Strömling dazu, dann verabschieden wir uns, und ich gehe allein weiter.
Da fällt mir plötzlich ein, daß ich vergessen habe, zu Hause den elektrischen Ofen abzustellen. Ich ärgere mich sehr. Der Tag hatte so schön begonnen, und – schon das erste Mißgeschick. Ich hätte überhaupt nicht auf die Straße gehen sollen.
Ich komme nach Hause zurück, ziehe das Jackett aus, nehme meine Uhr aus der Westentasche und hänge sie an ihren Nagel; dann schließe ich die Tür ab und lege mich aufs Bett. Ich werde liegen und versuche einzuschlafen.

Von der Straße herauf höre ich das widerwärtige Gekreisch der kleinen Jungen. Ich liege da und denke mir Strafen für sie aus. Am besten gefällt mir, ihnen den Starrkrampf zu schicken, damit sie augenblicklich aufhören sich zu bewegen. Ihre Eltern schleppen sie zu sich nach Hause. Sie liegen in ihren Betten und können nicht einmal mehr essen, weil sich ihre Münder nicht mehr öffnen. Sie werden künstlich ernährt. Eine Woche später ist der Starrkrampf vorbei, aber die Kinder sind so schwach, daß sie noch einen ganzen Monat im Bett liegen müssen. Dann werden sie allmählich, aber langsam wieder gesund, doch ich schicke ihnen sofort den zweiten Starrkrampf, so daß sie alle verrecken.

Ich liege auf dem Bett mit offenen Augen und kann nicht einschlafen. Mir fällt die Alte mit der Uhr ein, die ich heute auf dem Hof gesehen habe, und mir ist auf einmal angenehm, daß die Uhr keine Zeiger hatte. Vor ein paar Tagen nämlich hatte ich in einem Kommissionsgeschäft eine abscheuliche Küchenuhr gesehen, deren Zeiger hatten die Form von Messer und Gabel.

Mein Gott! Ich habe den elektrischen Ofen ja immer noch nicht abgestellt! Ich springe auf und stelle ihn ab, dann lege ich mich wieder aufs Bett und versuche einzuschlafen. Ich schließe die Augen. Ich will schlafen. Zum Fenster herein scheint die Herbstsonne, direkt auf mich. Mir wird heiß. Ich stehe auf und setze mich in den Sessel am Fenster.

Jetzt möchte ich schlafen, aber ich werde nicht schlafen. Ich nehme Papier und Feder und werde schreiben. Ich verspüre eine schreckliche Kraft in mir. Ich habe gestern schon alles überlegt. Es wird die Geschichte eines Wundertäters, der in unserer Zeit lebt und keine Wunder tut. Er weiß, daß er ein Wundertäter ist und alle möglichen Wunder tun könnte, aber er tut es nicht. Er wird aus seiner Wohnung rausgeworfen; er weiß: es würde ihn nur einen Wink mit dem kleinen Finger kosten und die Wohnung wäre wieder sein, er tut es aber nicht, er zieht ergeben aus seiner alten Wohnung aus und lebt nun in einem Schuppen vor der Stadt. Er könnte diesen Schuppen in einen herrlichen Ziegelbau verwandeln, er tut es aber nicht, er bleibt in dem Schuppen wohnen, und schließlich stirbt er, ohne in seinem Leben auch nur ein einziges Wunder getan zu haben.

Ich sitze da und reibe mir vor Freude die Hände. Sakerdon Michajlovič wird platzen vor Neid. Er denkt nämlich, ich sei noch nicht fähig, eine geniale Sache zu schreiben... Schnell, schnell, an die Arbeit. Nieder mit dem Schlafbedürfnis und der Faulheit! Ich werde achtzehn Stunden hintereinander nur schreiben!

Vor Ungeduld zittere ich am ganzen Leib. Ich weiß nicht, was ich tun soll: ich hätte Papier und Feder nehmen müssen, dabei nehme ich die verschiedensten Gegenstände in die Hand, nur nicht die, die ich brauche. Ich lief im Zimmer auf und ab: vom Fenster zum Tisch, vom Tisch zum Ofen, vom Ofen wieder zum Tisch. Ich war ganz außer Atem von der Flamme, die in meiner Brust loderte. Es war erst fünf Uhr. Vor mir der ganze Tag und Abend, und die ganze Nacht...

Ich stehe mitten im Zimmer. Woran denke ich? Es ist doch schon zwanzig Minuten vor sechs. Ich muß schreiben. Ich rücke den kleinen Tisch ans Fenster und setze mich daran. Vor mir das karierte Rechenpapier, in meiner Hand die Feder.

Mein Herz klopft noch zu stark, die Hand zittert. Ich warte, um mich ein wenig zu beruhigen. Ich lege die Feder hin und stopfe mir eine Pfeife. Die Sonne scheint mir direkt in die Augen, ich kneife die Augen zusammen und rauche die Pfeife an.

Da fliegt an meinem Fenster eine Krähe vorbei. Ich schaue zum Fenster auf die Straße hinunter und sehe, wie über das Trottoir ein Mann mit einem Holzbein geht. Laut hörbar stakt er mit Bein und Stock dahin.
– Tja, – sage ich zu mir und schaue weiter zum Fenster hinaus.
Die Sonne versteckt sich hinter dem Schornstein des gegenüberliegenden Hauses. Der Schatten des Schornsteins läuft über das Dach, überfliegt die Straße und legt sich mir aufs Gesicht. Ich muß diesen Schatten ausnützen und ein paar Worte über den Wundertäter aufschreiben. Ich greife zur Feder und schreibe:
»Der Wundertäter war von hohem Wuchs.«
Mehr schreiben kann ich nicht. Ich sitze da, bis ich auf einmal Hunger verspüre. Da stehe ich auf und gehe an den Schrank, in dem ich meine Lebensmittel aufbewahre. Ich krame darin herum, finde aber nichts. Ein Stück Zucker, weiter nichts.
Da klopft jemand an die Tür.
– Wer ist da?
Niemand antwortet. Ich mache die Tür auf und sehe die alte Frau vor mir, die heute morgen mit der Uhr auf dem Hof gestanden hatte. Ich bin sehr erstaunt und kann nichts sagen.
– Da bin ich, – sagte die Alte und betritt mein Zimmer.
Ich stehe an der Tür und weiß nicht, was ich tun soll – die Alte hinauswerfen oder sie, im Gegenteil, auffordern sich zu setzen? Aber die Alte geht ganz von allein zu meinem Sessel am Fenster und setzt sich hinein.
– Mach die Tür zu und schließe ab, – sagt die Alte zu mir.
Ich mache die Tür zu und schließe ab.
– Knie dich hin, – sagt die Alte.
Ich knie mich hin.
Hier aber beginne ich die ganze Unsinnigkeit meiner

Lage zu begreifen. Wieso knie ich hier vor einer wildfremden alten Frau? Ja, und wieso befindet sich diese Alte überhaupt in meinem Zimmer und sitzt in meinem Lieblingssessel? Wieso habe ich die Alte nicht einfach hinausgeworfen?
– Hören Sie, – sage ich, – welches Recht haben Sie, einfach über mein Zimmer zu verfügen und dann noch, mich herumzukommandieren? Ich habe ganz und gar kein Lust, hier vor Ihnen zu knien.
– Das brauchst du auch nicht, – sagt die Alte. – Jetzt mußt du dich auf den Bauch legen und das Gesicht fest auf den Boden pressen.
Ich habe den Befehl sofort ausgeführt...
Ich sehe regelmäßig gezogene Quadrate vor mir. Ein Schmerz in der Schulter und in der rechten Seite zwingt mich, meine Lage zu verändern. Ich hatte mit dem Gesicht nach unten gelegen, jetzt erhebe ich mich mit großer Mühe auf die Knie. Alle meine Glieder sind wie abgestorben und nur schwer zu bewegen. Ich schaue mich um und sehe mich in meinem Zimmer knien, mitten auf dem Fußboden. Langsam kehren Bewußtsein und Erinnerung wieder. Ich schaue mich noch einmal in meinem Zimmer um und sehe in meinem Sessel am Fenster jemanden sitzen. Im Zimmer ist es nicht sehr hell, wohl, weil gerade eine weiße Nacht ist. Ich schaue genau hin. Mein Gott! Das ist doch nicht etwa die Alte, die immer noch in meinem Sessel sitzt? Ich recke den Hals und schaue hin. Ja, natürlich, da sitzt die Alte und hat den Kopf auf die Brust sinken lassen. Sie muß eingeschlafen sein.
Ich stehe auf und gehe, leicht hinkend, auf sie zu. Der Kopf ist der Alten auf die Brust gesunken, die Arme hängen zu beiden Seiten des Sessels herab. Ich habe Lust, die Alte zu packen und zur Tür hinauszustoßen.

– Hören Sie, – sage ich, – Sie befinden sich in meinem Zimmer. Ich muß arbeiten. Bitte gehen Sie.
Die Alte rührt sich nicht. Ich bücke mich und sehe der Alten ins Gesicht. Ihr Mund steht halboffen, und aus dem Munde ragt, herausgerutscht, ein stählernes Gebiß. Und plötzlich wird mir alles klar: die Alte ist tot.
Mich packt eine schreckliche Wut. Warum ist sie ausgerechnet in meinem Zimmer gestorben? Ich kann Tote nicht ausstehn. Jetzt kann ich mich mit diesem Kadaver herumplagen, hingehn und reden mit dem Hausmeister und Hausverwalter, ihnen erklären, warum die Alte bei mir war. Haßerfüllt schaue ich die Alte an. Aber vielleicht war sie noch nicht tot? Ich befühle ihre Stirn. Die Stirn ist kalt. Die Hand desgleichen. Also, was tun?
Ich rauche meine Pfeife an und setze mich aufs Bett. Ein wahnwitziger Zorn steigt in mir hoch.
– Alte Hexe! – sage ich laut.
Die tote Alte sitzt wie ein Sack in meinem Sessel. Die Zähne ragen ihr aus dem Mund. Sie sieht aus wie ein toter Gaul.
– Ein widerlicher Anblick, – sage ich, aber die Alte mit einer Zeitung zudecken kann ich nicht, denn was kann unter einer Zeitung nicht alles geschehen.
Im Nachbarzimmer, hinter der Wand höre ich eine Bewegung: mein Nachbar, der Lokomotivführer, steht auf. Das hat noch gefehlt, daß er davon Wind bekommt, daß bei mir im Zimmer eine tote alte Frau sitzt! Ich lausche den Schritten meines Nachbarn. Worauf wartet er denn? Es ist halb sechs. Er müßte längst weg sein. Mein Gott! Jetzt will er auch noch Tee trinken! Ich höre hinter der Wand den Primuskocher rauschen. Ach, wenn er doch nur ginge, der verdammte Lokomotivführer!
Ich strecke mich auf dem Bett aus und lege die Beine hoch. Es vergehen acht Minuten, aber der Tee meines

Nachbarn ist immer noch nicht fertig, der Primuskocher rauscht und rauscht. Ich schließe die Augen und schlummere ein.

Mir träumt, mein Nachbar sei gegangen, und ich sei, zusammen mit ihm, ins Treppenhaus hinausgegangen und hätte die Tür hinter mir ins Schnappschloß fallen lassen. Einen Schlüssel zur Wohnungstür habe ich nicht, und deshalb kann ich nicht in die Wohnung zurück. Ich muß klingeln und die anderen Mieter wecken, und das ist schon schlecht. Ich stehe auf dem Treppenabsatz und übrlege, was zu tun sei, und plötzlich sehe ich, ich habe keine Hände. Ich senke den Kopf, um besser hinschauen zu können, ob ich Hände habe oder nicht, und sehe, auf der einen Seite ragt statt einer Hand ein Messer, auf der anderen eine Gabel.

– Hier, – sage ich zu Sakerdon Michajlovič, der aus irgend einem Grunde hier auf einem Klappstuhl sitzt, – hier, sehen Sie, – sage ich zu ihm, – was ich für Hände habe.

Aber Sakerdon Michajlovič sitzt da und schweigt, und ich sehe, es ist gar nicht der echte Sakerdon Michajlovič, sondern einer aus Lehm.

Hier wache ich auf, und sofort ist mir klar, ich liege in meinem Zimmer auf dem Bett, und dort am Fenster in meinem Sessel sitzt die tote Alte.

Ich wende schnell den Kopf zu ihr hinüber. Die Alte sitzt nicht mehr in dem Sessel. Ich starre auf den leeren Sessel, und eine wilde Freude wallt in mir auf. Es war also alles nur ein Traum. Nur – wo hatte der dann begonnen? War die Alte gestern in mein Zimmer gekommen? Vielleicht war auch das nur ein Traum? Ich war gestern nach Hause zurückgekommen, weil ich vergessen hatte, den elektrischen Ofen abzustellen. Aber vielleicht gewesen war auch das nur ein Traum? Jedenfalls: wie schön, daß bei mir im Zimmer keine tote alte Frau sitzt,

daß ich also nicht zum Hausverwalter gehen muß und keine Scherereien mit der Leiche habe.
Aber, wie lange hatte ich eigentlich geschlafen? Ich sah auf die Uhr: halb zehn, es muß also Morgen sein.
Herrgott! Was einem nicht alles im Traum erscheint!
Ich hob die Beine vom Bett und wollte aufstehen, und plötzlich sah ich die tote Alte – sie lag auf dem Boden, hinter dem Tisch, neben dem Sessel. Sie lag mit dem Gesicht nach oben, und das stählerne Gebiß, das ihr aus dem Mund gerutscht war, hatte sich der Alten mit einem Zahn ins Nasenloch gebohrt. Die Arme lagen verdreht unter dem Rumpf und waren nicht zu sehen, dafür ragten unter dem hochgestreiften Rock, in weißen, schmutzigen, langen Strümpfen, ihre knochigen Beine hervor.
– Die alte Hexe! – rief ich, stürzte auf die Alte zu und trat ihr mit dem Stiefel gegen das Kinn.
Das Gebiß flog in die Ecke. Ich wollte der Alten noch einen Tritt verpassen, aber da bekam ich Angst, an ihrem Körper könnten Spuren zurückbleiben, und dann würde man daraus noch schließen, ich hätte die Alte umgebracht.
Ich ließ von der Alten ab, setzte mich aufs Bett und rauchte meine Pfeife an. So vergingen etwa zwanzig Minuten. Und jetzt wurde mir klar, daß man die Sache sowieso der Kriminalpolizei übergeben und daß der schwachköpfige Untersuchungsrichter mich verdächtigen würde, sie ermordet zu haben. Die Lage war ernst genug, und dann noch dieser Tritt mit dem Stiefel.
Ich trat wieder auf die Alte zu, bückte mich und begann, ihr Gesicht zu untersuchen. Am Kinn hatte sie einen dunklen Fleck. Nein, daraus konnte man mir keinen Strick drehen, da war nichts zu wollen. Vielleicht hatte sich die Alte noch zu Lebzeiten irgendwo gestoßen? Ich beruhige mich ein wenig und beginne, im

Zimmer auf und ab zu gehen und, Pfeife rauchend, meine Lage zu überdenken.
Ich gehe im Zimmer auf und ab und beginne, Hunger zu verspüren, immer stärker und stärker. Vor Hunger beginne ich sogar zu zittern. Noch einmal krame ich in dem Schränkchen, in dem ich meine Lebensmittel aufbewahre, finde aber nichts außer dem einen Stück Zucker.
Ich zücke mein Portemonnaie und zähle das Geld. Elf Rubel. Ich kann mir also Schinkenwurst und Brot kaufen, es bleibt sogar noch etwas übrig für Tabak.
Ich rücke die über Nacht verrutschte Krawatte zurecht, nehme meine Uhr, ziehe das Jackett an, gehe auf den Korridor hinaus, schließe sorgsam die Tür zu meinem Zimmer ab, stecke den Schlüssel in die Tasche und gehe auf die Straße hinaus. Vor allem muß ich etwas essen, dann werden die Gedanken klarer, und dann werde ich mit diesem Kadaver etwas unternehmen.
Auf dem Weg zum Kaufhaus kommt mir noch in den Sinn: soll ich nicht zu Sakerdon Michajlovič gehen und ihm alles erzählen, vielleicht fällt uns gemeinsam eher ein, was zu tun sei. Aber schon hier verwerfe ich diesen Gedanken, denn bestimmte Dinge muß man allein tun, ohne Zeugen.
Schinkenwurst gab es im Kaufhaus keine, deshalb kaufte ich ein halbes Kilo Bockwürste. Tabak gab es auch keinen. Vom Kaufhaus ging ich zur Bäckerei.
In der Bäckerei waren viele Leute, und vor der Kasse stand eine lange Schlange. Ich bekam sofort schlechte Laune, stellte mich aber trotzdem hinten an. Die Schlange bewegte sich sehr langsam vorwärts, dann stockte sie ganz, weil es an der Kasse irgendeinen Skandal gegeben hatte.
Ich gab mir den Anschein, als hätte ich nichts bemerkt, und schaute auf den Rücken der kleinen jungen Dame, die vor mir in der Schlange stand. Die kleine Dame war

offenbar sehr neugierig: sie reckte den Hals, mal nach rechts, mal nach links, und hob sich jeden Augenblick auf die Zehenspitzen, um besser sehen zu können, was an der Kasse vor sich ging. Schließlich drehte sie sich zu mir um und sagte:

– Sie wissen nicht, was da vorne los ist?

– Verzeihen Sie, ich weiß es nicht, – sagte ich so trokken wie möglich. Die kleine Dame wand sich hin und her, schließlich drehte sie sich wieder zu mir um:

– Könnten Sie nicht hingehen und herausfinden, was da vorne los ist?

– Verzeihen Sie, aber das interessiert mich nicht im geringsten, – sagte ich noch trockener.

– Wie: interessiert Sie nicht? – rief die kleine Dame.– Aber Sie müssen deswegen doch selber länger Schlange stehn!

Ich antwortete nicht, sondern verbeugte mich nur leicht. Die kleine Dame musterte mich aufmerksam.

– Ist natürlich auch nicht Männersache, nach Brot anzustehen, – sagte sie. – Sie tun mir leid. Daß Sie hier stehen müssen. Sie sind sicher Junggeselle.

– Ja, Junggeselle, – antwortete ich, ein wenig außer Fassung, fuhr aber aus Trägheit fort, ziemlich trocken zu antworten, wobei ich mich leicht verbeugte.

Die kleine Dame musterte mich noch einmal von Kopf bis Fuß und sagte plötzlich, wobei sie mich mit dem Finger am Ärmel berührte:

– Kommen Sie, ich kaufe für Sie ein, was Sie brauchen, und Sie warten draußen auf der Straße auf mich.

Ich war völlig durcheinander.

– Vielen Dank, – sagte ich. – Das ist sehr nett von Ihnen, aber wirklich, ich könnte das auch selber…

– Nein, nein, – sagte die kleine Dame, – gehen Sie, gehen Sie nur. Was haben Sie kaufen wollen?

– Sehen Sie, – sagte ich, – ich habe ein halbes Kilo Schwarzbrot kaufen wollen, aber das einfache, billigere. Das esse ich am liebsten.
– Na schön, – sagte sie kleine Dame. – Und jetzt gehen Sie. Ich kaufe es für Sie, und nachher verrechnen wir es miteinander.
Und sie gab mir sogar einen leichten Stoß gegen den Ellenbogen.
Ich ging hinaus und blieb gleich neben der Eingangstür stehen. Die Herbstsonne scheint mir direkt ins Gesicht. Ich rauche meine Pfeife an. So eine nette kleine Dame! So was ist so selten heutzutage. Ich stehe da, kneife der Sonne wegen die Augen zusammen, rauche meine Pfeife und denke an die nette kleine Dame. Sie hat hellbraune Augen. Einfach reizend, wie hübsch sie ist!
– Sie rauchen Pfeife? – höre ich eine Stimme neben mir. Die nette kleine Dame hält mir mein Brot entgegen.
– Oh, ich bin Ihnen unendlich dankbar, – sage ich und nehme das Brot.
– Und Sie rauchen Pfeife! Das gefällt mir schrecklich gut, – sagt die nette kleine Dame.
Und zwischen uns entspinnt sich folgendes Gespräch:

SIE Sie gehen sich also Ihr Brot selbst holen?

ICH Nicht nur das Brot; ich kaufe mir alles selbst.

SIE Und wo essen Sie zu Mittag?

ICH Meistens koch ich mir mein Mittagessen selbst. Und manchmal esse ich in der Bierkneipe.

SIE Trinken Sie gern Bier?

ICH Nein, ich trinke lieber Vodka.

SIE Ich trinke auch gern Vodka.

ICH Sie trinken gern Vodka? Das ist aber schön! Ich würde gern mal mit Ihnen Vodka trinken.

SIE Ich würde auch gern mal mit Ihnen Vodka trinken.

ICH Verzeihen Sie, darf ich Sie etwas fragen?

SIE *errötet sehr* Aber natürlich, fragen Sie.
ICH Also schön, ich frage Sie: Glauben Sie an Gott?
SIE *erstaunt* An Gott? Ja, natürlich.
ICH Und was würden Sie sagen, wenn wir uns jetzt eine Flasche Vodka kaufen würden und zu mir aufs Zimmer gehen? Ich wohne hier gleich in der Nähe.
SIE *sehr angeregt* Ja nun, einverstanden.
ICH Dann kommen Sie.

Wir gehen ins Kaufhaus, und ich kaufe einen halben Liter Vodka. Mehr Geld habe ich nicht, es bleibt nur noch irgendwelches Kleingeld. Wir unterhalten uns die ganze Zeit über die verschiedensten Dinge, und plötzlich fällt mir ein, daß bei mir im Zimmer auf dem Fußboden ja die tote Alte liegt.

Ich sehe mich nach meiner neuen Bekannten um: sie steht an einem Ladentisch und betrachtet die Gläser mit Varenje. Ich schleiche mich vorsichtig zur Tür und dann zum Kaufhaus hinaus. Da hält gerade, direkt vor dem Kaufhaus, die Straßenbahn. Ich springe auf, ohne auch nur nach der Nummer gesehen zu haben. Michajlovskaja steige ich aus und gehe zu Sakerdon Michajlovič. In den Händen halte ich die Flasche Vodka, die Bockwürste und das Brot.

Sakerdon Michajlovič selbst machte mir die Tür auf. Er war im Morgenrock, den er über dem nackten Körper trug, und hatte russische Stiefel mit abgeschnittenen Schäften an, auf dem Kopf eine Pelzmütze mit Ohrenklappen, die Ohrenklappen waren aber hochgeklappt und über dem Scheitel mit einem Bändchen verschnürt.

– Ich freue mich sehr, – sagte Sakerdon Michajlovič, als er mich sah.

– Habe ich Sie auch nicht aus der Arbeit gerissen? – fragte ich.

– Nein, nein, – sagte Sakerdon Michajlovič. – Ich habe gerade überhaupt nichts getan. Ich habe auf dem Fußboden gesessen.
– Sehen Sie, – sagte ich zu Sakerdon Michajlovič, – ich habe Vodka und Zakuska mitgebracht. Wenn Sie nichts dagegen haben, trinken wir.
– Sehr gut, – sagte Sakerdon Michajlovič. – Kommen Sie.
Wir gingen in sein Zimmer. Ich entkorkte die Flasche mit dem Vodka, und Sakerdon Michajlovič stellte zwei Gläser und einen Teller mit kaltem Suppenfleisch auf den Tisch.
– Hier habe ich auch Bockwürste, – sagte ich. – Wie wollen wir sie essen: kalt oder aufgewärmt?
– Setzen wir Wasser auf, aufgewärmt sind sie besser, – sagte Sakerdon Michajlovič, – bis dahin können wir den Vodka ja zu dem Fleisch hier trinken. Es ist Suppenfleisch, hervorragendes Fleisch.
Sakerdon Michajlovič stellte eine kleine Kasserolle auf den Petroleumkocher, und wir setzen uns zum Vodkatrinken.
– Vodka trinken ist gesund, – sagte Sakerdon Michajlovič und schenkte die beiden Gläser voll. – Mečnikov hat einmal geschrieben, Vodka sei gesünder als Brot, das Brot sei nur Stroh, das in unseren Mägen dahinfault.
– Auf Ihre Gesundheit, – sagte ich und stieß mit Sakerdon Michajlovič an.
Wir tranken und aßen das kalte Suppenfleisch dazu.
– Schmeckt gut, – sagte Sakerdon Michajlovič.
In diesem Augenblick jedoch knackte etwas ganz scharf im Zimmer.
– Was war das? – fragte ich.
Wir aßen schweigend da und horchten. Plötzlich knackte es wieder. Sakerdon Michajlovič sprang von seinem Stuhl auf, lief ans Fenster und riß die Gardine herunter.
– Was machen Sie da? – rief ich.

Aber Sakerdon Michajlovič stürzte, ohne zu antworten, auf die Kasserolle zu, packte, die Gardine in der Hand, die Kasserolle und setzte sie am Boden ab.
– Zum Teufel, – sagte Sakerdon Michajlovič. – Ich habe vergessen, Wasser in die Kasserolle zu gießen, und die Kasserolle ist emailliert, jetzt ist das Email abgeplatzt.
– Alles klar, – sagte ich und nickte. Wir setzten uns wieder an den Tisch.
– Zum Teufel, – sagte Sakerdon Michajlovič, – essen wir die Bockwürste eben kalt.
– Ich möchte schrecklich gern was essen, – sagte ich.
– Essen Sie doch, – sagte Sakerdon Michajlovič und rückte die Bockwürste vor mich hin.
– Ich habe nämlich gestern zum letzten Mal gegessen, als ich mit Ihnen in der Kneipe war; und seitdem nichts mehr, – sagte ich.
– Essen Sie, – sagte Sakerdon Michajlovič, – ja, ja, ja.
– Ich habe die ganze Zeit geschrieben, – sagte ich.
– Zum Teufel, – rief Sakerdon Michajlovič übertrieben betont. – Wie angenehm, ein Genie vor sich zu sehen.
– Auch das noch, – sagte ich.
– Und haben Sie viel aufgeschichtet? – fragte Sakerdon Michajlovič.
– Ja, – sagte ich. – Ich habe eine Unmasse von Papier vollgeschrieben.
– Auf das Genie unserer Tage, – sagte Sakerdon Michajlovič und erhob sein Glas.
Wir tranken. Sakerdon Michajlovič aß von seinem Suppenfleisch, ich von meinen Bockwürsten. Als ich vier Bockwürste gegessen hatte, rauchte ich meine Pfeife an und sagte:
– Wissen Sie, ich bin nämlich zu Ihnen gekommen, um mich einer Verfolgung zu entziehen.

– Und wer hat Sie verfolgt? – fragte Sakerdon Michajlovič.
– Eine Dame, – sagte ich. Aber nachdem Sakerdon Michajlovič nicht weiter nachfragte, sondern schweigend Vodka einschenkte, fuhr ich fort:
– Ich habe sie in der Bäckerei kennengelernt und mich sofort in sie verliebt.
– Ist sie hübsch? – fragte Sakerdon Michajlovič.
– Ja, – sagte ich, – ganz mein Geschmack.
Wir tranken, und ich fuhr fort:
– Sie war gleich einverstanden, zu mir zu kommen und Vodka mit mir zu trinken. Wir sind ins Kaufhaus gegangen, aber aus dem Kaufhaus habe ich mich in aller Stille verdrückt.
– Kein Geld? – fragte Sakerdon Michajlovič.
– Nein, das Geld hat gerade noch gereicht, – sagte ich. – Aber mir ist eingefallen, daß ich sie nicht in mein Zimmer lassen kann.
– Wieso denn, haben Sie vielleicht eine andere Dame in Ihrem Zimmer? – fragte Sakerdon Michajlovič.
– Ja, wenn Sie so wollen, in meinem Zimmer befindet sich eine andere Dame, – sagte ich lächelnd, – Zur Zeit kann ich niemand in mein Zimmer lassen.
– Sie werden sie heiraten. Laden Sie mich ein zum Hochzeitsschmaus? – sagte Sakerdon Michajlovič.
– Nein, – sagte ich, prustend vor Lachen. – Diese Dame werde ich nicht heiraten.
– Na, dann heiraten Sie doch die aus der Bäckerei, – sagte Sakerdon Michajlovič.
– Warum wollen Sie mich denn dauernd verheiraten? – sagte ich.
– Na und? – sagte Sakerdon Michajlovič und füllte die Gläser erneut. – Auf Ihre Erfolge.
Wir tranken. Der Vodka zeitigte allmählich Wirkung.

Sakerdon Michajlovič setzt die Pelzmütze mit den Ohrenklappen ab und schleuderte sie aufs Bett. Ich stand auf und ging im Zimmer auf und ab, wobei ich bereits ein gewisses Schwindelgefühl im Kopf verspürte.

– Wie ist Ihr Verhältnis zu den Toten? – fragte ich Sakerdon Michajlovič.

– Absolut negativ, – sagte Sakerdon Michajlovič, – ich habe Angst vor ihnen.

– Ja, ich kann Tote auch nicht ausstehen, – sagte ich. – Man gebe mir einen Toten, und wenn er kein Verwandter von mir ist, ich würde ihm bestimmt einen Tritt versetzen.

– Ja nun, treten sollte man Leichen aber trotzdem nicht, – sagte Sakerdon Michajlovič.

– Ich würde ihm bestimmt mit dem Stiefel ins Gesicht treten, – sagte ich. – Ich kann Tote und Kinder nicht ausstehen.

– Ja, Kinder sind was Widerliches, – pflichtet Sakerdon Michajlovič mir bei.

– Was ist Ihrer Ansicht nach schlimmer: Tote oder Kinder? – fragte ich.

– Doch wohl Kinder, sie stören öfter. Die Toten brechen trotz allem nicht so oft in unser Leben ein, – sagte Sakerdon Michajlovič.

– Brechen ein! – rief ich aus und verstummte sofort. Sakerdon Michajlovič sah mich aufmerksam an.

– Wollen Sie noch Vodka? – fragte er.

– Nein, – sagte ich, fügte aber, besonnen, hinzu: – Nein danke, ich möchte nicht mehr.

Ich ging zum Tisch und setzte mich. Eine Zeitlang schwiegen wir.

– Ich möchte Sie etwas fragen, – sagte ich endlich. – Glauben Sie an Gott?

Auf Sakerdon Michajlovičs Stirn erscheint eine Querfalte, und er sagt:

– Es gibt etwas wie Unanständigkeit. Unanständig ist, jemanden zu fragen, ob er einem fünfzig Rubel borgen kann, wenn Sie gesehen haben, daß er eben zweihundert in die Tasche gesteckt hat. Seine Sache ist nun: soll er Ihnen das Geld geben, oder soll er es Ihnen nicht geben; die bequemste und angenehmste Art, eine solche Bitte abzuschlagen, ist, daß man sagt, man habe kein Geld. Sie aber haben gesehen, daß der Mensch Geld hat, und ihn damit der Möglichkeit beraubt, Ihnen das Geld auf die angenehmste Art einfach abzuschlagen. Sie haben ihn der Möglichkeit der Wahl beraubt, und das ist eine Schweinerei. Das ist unanständig und taktlos. Und einen Menschen zu fragen: »Glauben Sie an Gott?« – ist ebenfalls taktlos und unanständig.
– Aber, – sagte ich, – das hat doch nichts miteinander zu tun.
– Ich stelle auch keine Vergleiche an, – sagte Sakerdon Michajlovič.
– Also schön, – sagte ich, – lassen wir das. Entschuldigen Sie, daß ich Ihnen eine so unanständige und taktlose Frage gestellt habe.
– Bitte sehr, – sagte Sakerdon Michajlovič. – Ich habe ja abgelehnt, sie zu beantworten.
– Ich würde sie auch nicht beantworten, – sagte ich, – nur aus einem anderen Grunde.
– Aus welchem denn? – fragte Sakerdon Michajlovič träge.
– Sehen Sie, – sagte ich, – meiner Ansicht nach gibt es keine gläubigen und ungläubigen Menschen. Es gibt nur die einen, die glauben wollen, und andere, die nicht glauben wollen.
– Das heißt, diejenigen, die nicht glauben wollen, glauben bereits an etwas? – sagte Sakerdon Michajlovič. – Und diejenigen, die glauben wollen, glauben schon von Anfang an an nichts?

– Vielleicht, – sagte ich. – Ich weiß nicht.
– Und Sie glauben oder glauben nicht an was? an Gott? – fragte Sakerdon Michajlovič.
– Nein, – sagte ich, – an die Unsterblichkeit.
– Warum haben Sie mich dann gefragt, ob ich an Gott glaube?
– Ganz einfach, weil die Frage: »Glauben Sie an die Unsterblichkeit?« irgendwie dumm klingt, – sagte ich zu Sakerdon Michajlovič und stand auf.
– Was denn, Sie wollen gehen? – fragte mich Sakerdon Michajlovič.
– Ja, – sagte ich, – für mich wird es Zeit.
– Und der Vodka? – sagte Sakerdon Michajlovič. – Es ist sowieso nur noch ein Glas für jeden übrig.
– Also schön, trinken wir ihn aus, – sagte ich. Wir tranken den Vodka aus und aßen die Reste von Sakerdon Michajlovičs Suppenfleisch dazu.
– Jetzt muß ich aber gehen, – sagte ich.
– Auf Wiedersehen, – sagte Sakerdon Michajlovič und begleitete mich durch die Küche zur Treppe. – Vielen Dank für die Bewirtung.
– Ich danke Ihnen, – sagte ich. – Auf Wiedersehen.
Und ich ging.
Wieder allein, räumte Sakerdon Michajlovič den Tisch ab, warf die leere Vodkaflasche auf den Schrank, setzte die Pelzmütze mit den Ohrenklappen wieder auf und setzte sich unter dem Fenster auf den Fußboden. Die Arme verschränkte Sakerdon Michajlovič auf dem Rükken, so daß sie überhaupt nicht mehr zu sehen waren. Und unter dem abgetragenen Morgenrock ragten, in russischen Stiefeln mit abgeschnittenen Schäften, die nackten, knochigen Beine hervor.
Ich ging, in Gedanken versunken, den Nevskij entlang. Ich muß jetzt sofort zum Hausverwalter gehen und ihm alles

erzählen. Und wenn ich das mit der Alten erledigt habe, werde ich die folgenden Tage nur noch vor der Bäckerei stehen, bis ich die nette kleine Dame wiedersehe. Ich bin ihr doch noch 48 Kopeken schuldig für das Brot. Habe also einen sehr guten Vorwand, ihr aufzulauern. Der Vodka, den wir getrunken hatten, wirkte noch nach, und alles schien sich ganz einfach und in Wohlgefallen aufzulösen.
An der Fontanka trat ich an eine Bude und kaufte mir für das verbliebene Kleingeld einen Krug Kvas. Der Kvas war schlecht und sauer, und ich ging mit einem widerwärtigen Geschmack im Munde weiter.
An der Ecke Litejnaja rempelte mich irgendein dahintorkelnder Betrunkener an. Gut, daß ich keinen Revolver hatte: ich hätte ihn auf der Stelle erschossen.
Nach Hause kam ich bestimmt mit einem von Zorn entstellten Gesicht. Jedenfalls drehten sich alle, die mir entgegenkamen, nach mir um.
Ich ging ins Büro der Hausverwaltung. Am Tisch saß ein zu kurz geratenes, schmutziges, stumpfnasiges, krummes und semmelblondes Mädchen, das sich, in einen Handspiegel starrend, die Lippen schminkte.
– Und wo ist der Hausverwalter? – fragte ich.
Das Mädchen schwieg und schminkte sich weiter.
– Wo ist der Hausverwalter? – fragte ich mit anderer Stimme.
– Kommt erst morgen, heute nicht, – antwortete das schmutzige, stumpfnasige, krumme und semmelblonde Mädchen.
Ich ging auf die Straße hinaus. Auf der gegenüberliegenden Seite ging der Invalide mit dem Holzbein und stakte laut hörbar mit seinem Holzbein über das Pflaster. Sechs kleine Jungen rannten hinter dem Invaliden her und äfften seinen Gang nach.
Ich kehrte ins Haus zurück und stieg die Treppe hinauf.

In der zweiten Etage blieb ich stehen; ein widerwärtiger Gedanke schoß mir durch den Kopf – die Alte mußte doch angefangen haben zu verwesen. Ich hatte das Fenster zuzumachen vergessen, und bei offenem Fenster verwesen Tote angeblich schneller. So etwas Dummes! Und dieser verteufelte Hausverwalter kommt erst morgen! Ich stand einige Augenblicke unschlüssig da und stieg dann weiter die Treppe hinauf.

An der Wohnungstür blieb ich wieder stehen. Sollte ich mich nicht lieber vor die Bäckerei stellen und dort der netten kleinen Dame auflauern? Und sie dann anflehen, mich zu sich zu lassen, für zwei oder drei Nächte. Aber da fällt mir ein, daß sie heute ja schon Brot gekauft hatte, heute also mit Sicherheit nicht mehr in die Bäckerei gehen würde. Und überhaupt, es wäre doch nichts dabei herausgekommen.

Ich schloß die Tür auf und betrat den Korridor. Am Ende des Korridors brannte eine Lampe, und Marja Vasiljevna rieb, einen Lappen in der Hand, mit einem zweiten Lappen die Lampe sauber. Als sie mich sah, rief Marja Vasiljevna:

– Ein alter Mann hat Schie schpreschen wollen!

– Was für ein alter Mann? – sagte ich.

– Isch weisch esch nischt, – antwortete Marja Vasiljevna.

– Und wann war das? – fragte ich.

– Dasch weisch isch auch nischt, – sagte Marja Vasiljevna.

– Haben Sie mit dem alten Mann gesprochen? – fragte ich Marja Vasiljevna.

– Ja, – sagte Marja Vasiljevna.

– Wieso wissen Sie dann nicht, wann das war? – fragte ich Marja Vasiljevna.

– Vor tschwei Schtunden vielleischt, – sagte Marja Vasiljevna und ging zur Küche.

– Und wie hat er ausgesehen? – fragte ich.
– Dasch weisch isch auch nischt, – sagte Marja Vasiljevna und verschwand in der Küche.
Ich ging zu meinem Zimmer.
– Und auf einmal, – dachte ich, ist die Alte verschwunden. Ich komme in mein Zimmer, und die Alte ist wirklich weg. Mein Gott! Geschehen etwa doch noch Wunder?!
Ich schloß die Tür auf und öffnete sie ganz langsam. Vielleicht kam es mir nur so vor, aber mir schlug der süßliche Geruch einsetzender Verwesung entgegen. Ich warf einen Blick durch die halbgeöffnete Tür und erstarrte auf der Schwelle. Die Alte kroch auf allen Vieren langsam auf mich zu.
Mit einem Schrei schlug ich die Tür zu, drehte den Schlüssel um und prallte mit dem Rücken an die meiner Tür gegenüberliegende Wand.
Im Korridor erschien Marja Vasiljevna.
– Schie haben misch gerufen? – fragte sie.
Ich zitterte so, daß ich nicht imstande war zu antworten und nur verneinend den Kopf schüttelte. Marja Vasiljevna kam näher.
– Schie haben doch mit jemandem geschprochen, – sagte sie. Ich schüttelte wieder verneinend den Kopf.
– Schie schind wahnschinnig, – sagte Marja Vasiljevna und ging wieder in die Küche, wobei sie sich unterwegs mehrmals nach mir umdrehte.
– Hier stehenbleiben kann ich nicht. Hier stehenbleiben kann ich nicht, – wiederholte ich in Gedanken. Dieser Satz kam von irgendwo aus meinem Inneren. Ich bejahte ihn, noch bevor er in mein Bewußtsein gedrungen war.
– Ja, hier stehenbleiben kann ich nicht, – sagte ich zu mir, blieb aber stehen wie im Starrkrampf. Etwas Entsetzliches war geschehen, aber vielleicht mußte noch etwas viel Entsetzlicheres getan werden als das, was vor-

gefallen war. Ein Wirbel scheuchte meine Gedanken durcheinander, und ich sah nur noch die bösen Augen der toten Alten, die langsam auf allen Vieren auf mich zukroch.
Ins Zimmer stürzen und der Alten den Schädel zertrümmern. Das war zu tun! Ich suchte sogar schon mit den Augen und freute mich, als ich den Krocketschläger erblickte, der – niemand wußte wozu – schon seit Jahren in einer Ecke des Korridors lehnte. Den Schläger pakken, ins Zimmer stürzen und und und – trrrach!
Der Schüttelfrost war noch nicht vergangen. Ich stand da, die Schultern hochgezogen vor innerer Eiseskälte. Meine Gedanken sprangen, immer neue Bereiche erfassend, und ich stand, horchte auf meine Gedanken und stand gleichsam neben ihnen, so, als wäre nicht ich es, der sie befehligt.
– Die Toten, – erklärten mir meine eigenen Gedanken, – sind ein unseriöses Volk. Sie werden zu Unrecht Tote genannt, viel eher müßten sie Scheintote heißen. Man muß sie beobachten und beobachten, darf sie nicht aus den Augen lassen. Fragen Sie doch den Wächter von der Leichenhalle. Wozu glauben Sie, daß er dort steht? Nur um aufzupassen, daß die Toten nicht wegkriechen. Da sind schon die komischsten Fälle vorgekommen. Einmal ist ein Toter, als sich der Wächter auf Anordnung der Vorgesetzten im Bad mit Seife sauberschrubbte, aus der Leichenhalle weggekrochen, ist in die Desinfektionskammer gekrochen und hat dort ein Bündel Wäsche verschlungen. Das Desinfektionspersonal hat dem Toten zwar eine Mordstracht Prügel verabreicht, aber die verdorbene Wäsche aus der eigenen Tasche bezahlen müssen. Ein anderer Toter ist in die Entbindungsstation gekrochen und hat die schwangeren Frauen dort so erschreckt, daß eine von ihnen augenblicklich eine Früh-

geburt hatte, und der Tote hat sich auf den Foetus gestürzt und ihn unter Schmatzen zu verzehren begonnen. Und als eine tapfere Krankenschwester dem Toten einen Hocker auf dem Rücken zertrümmerte, hat er diese Krankenschwester ins Bein gebissen, und sie ist kurz darauf an Blutvergiftung gestorben. Leichengift. Ja, die Toten sind ein unseriöses Volk, vor ihnen muß man auf der Hut sein.
– Stop! – sagte ich zu meinen eigenen Gedanken. – Ihr redet Blödsinn. Tote können sich nicht bewegen.
– Na schön, – sagten meine eigenen Gedanken zu mir, – dann geh doch in dein Zimmer, in ihm befindet sich ein Toter, der sich, wie du sagst, nicht bewegen kann.
Da auf einmal begann der Trotz in mir die Stimme zu erheben.
– Und ich gehe hinein! – sagte ich entschlossen zu meinen eigenen Gedanken.
– Versuchs doch! – sagten meine eigenen Gedanken spöttisch zu mir.
Dieser Spott brachte mich vollends zur Raserei. Ich packte den Krocketschläger und stürzte zur Tür.
– Warte! – riefen mir meine eigenen Gedanken nach.
Aber schon hatte ich den Schlüssel umgedreht und die Tür aufgestoßen. Die Alte lag auf der Schwelle, das Gesicht an den Boden gepreßt. Ich stand mit erhobenem Schläger, zum Schlage bereit. Die Alte bewegte sich nicht. Der Schüttelfrost war vorüber, meine Gedanken strömten wieder klar und scharf. Ich war es, der sie befehligte.
– Vor allem die Tür zu! – befahl ich mir selber.
Ich zog den Schlüssel aus dem Schloß und steckte ihn von innen wieder hinein.
Das tat ich mit der linken Hand, in der rechten hielt ich weiter den erhobenen Krocketschläger und ließ die ganze

Zeit kein Auge von der Alten. Ich schloß die Tür ab, stieg mit einem vorsichtigen Schritt über die Alte hinweg und ging in die Zimmermitte.

– Jetzt rechnen wir miteinander ab, – sagte ich.

Mir war ein Plan gekommen, zu dem gewöhnlich nur die Mörder aus Groschenromanen und dem Polizeibericht der Zeitungen Zuflucht nehmen. Ich wollte die Alte einfach in einen Koffer packen, vor die Stadt fahren und sie dort in einem Sumpf versenken. Ich kannte da so eine Stelle.

Mein Koffer stand unter dem Bett. Ich zog ihn hervor und machte ihn auf. Es waren verschiedene Sachen darin: ein paar Bücher, ein alter Filzhut und zerlöcherte Wäsche. Ich legte alles aufs Bett.

In diesem Augenblick klappte laut die Wohnungstür, und mir war, als hätte die Alte gezittert.

Augenblicklich springe ich auf und packe den Krocketschläger.

Die Alte liegt ruhig. Ich stehe und horche. Es ist der Lokomotivführer, der von der Arbeit nach Hause kommt, ich höre, wie er in sein Zimmer geht. Jetzt geht er über den Korridor in die Küche. Wenn Marja Vasiljevna ihm von meinem Wahnsinnsanfall erzählt, sieht es schlecht aus. Alte Hexe, verdammte! Also muß ich ebenfalls in die Küche gehen und sie durch meinen Anblick beruhigen.

Ich stieg wieder über die Alte hinweg, lehnte den Schläger neben der Tür an die Wand, damit ich ihn bei meiner Rückkehr, ohne das Zimmer auch nur zu betreten, pakken konnte, und trat auf den Korridor hinaus. Aus der Küche hörte ich Stimmen, aber Worte waren nicht zu unterscheiden. Ich schloß meine Zimmertür und ging vorsichtig in Richtung Küche: ich wollte herausbekommen, worüber sich Marja Vasiljevna und der Lokomotiv-

führer unterhielten. Den Korridor durchmaß ich rasch, vor der Küche verlangsamte ich meine Schritte. Es sprach der Lokomotivführer, offenbar erzählte er etwas, das ihm heute auf der Arbeit passiert war.
Ich trat ein. Der Lokomotivführer stand mit einem Handtuch in der Hand und sprach, Marja Vasiljevna saß auf einem Hocker und hörte zu. Als er mich sah, winkte mir der Lokomotivführer zu.
– Guten Tag, guten Tag, Matvej Filippovič, – sagte ich zu ihm und ging ins Badezimmer. Bis dahin war alles ruhig. Marja Vasiljevna war mein merkwürdiges Benehmen gewohnt und konnte diesen letzten Fall ebensogut auch schon vergessen haben.
Plötzlich durchfuhr es mich: ich hatte meine Zimmertür nicht abgeschlossen, was, wenn die Alte inzwischen aus meinem Zimmer gekrochen kam?
Ich stürzte zurück, besann mich aber rechtzeitig und durchquerte, um die anderen Mieter nicht zu erschrecken, die Küche mit ruhigem Schritt.
Marja Vasiljevna pochte mit den Fingern auf den Küchentisch und sagte zu dem Lokomotivführer:
– Dasch isch rescht. Scho ischt esch rescht! Isch hätte genauscho gepfiffen, genau wie Schie!
Ersterbenden Herzens betrat ich den Korridor, und von hier wäre ich bis zu meinem Zimmer fast gerannt.
Äußerlich war alles ruhig. Ich stand vor der Tür, öffnete sie einen Spalt weit und warf einen Blick in mein Zimmer. Die Alte lag ruhig, wie zuvor, das Gesicht an den Boden gepreßt. Der Krocketschläger stand neben der Tür, an seinem alten Platz. Ich nahm ihn in die Hand, betrat das Zimmer und schloß hinter mir ab. Ja, in dem Zimmer roch es unverkennbar nach Leiche. Ich stieg über die Alte hinweg, ging ans Fenster und setzte mich in den Sessel. Daß mir jetzt bloß nicht übel wurde von

diesem zwar erst schwachen, aber dennoch unausstehlichen Geruch! Ich rauchte meine Pfeife an. Mir war flau im Magen, und ich hatte leichte Bauchschmerzen.
Aber was sitze ich hier herum? Ich muß handeln, bevor diese Alte endgültig verfault ist. Aber: wenn ich sie in den Koffer lege, muß ich jedenfalls sehr vorsichtig sein, sie kann mich ja unverhofft in den Finger beißen. Und dann an Blutvergiftung sterben – ergebensten Dank!
– Hehe! – rief ich plötzlich. – Mich würde da noch interessieren: beißen womit! Ihr hübschen kleinen Zähnchen, die liegen ja doch dort!
Ich beugte mich im Sessel vor und schaute in die Ecke, wo meiner Berechnung nach das Gebiß der Alten liegen mußte. Aber das Gebiß lag nicht mehr da.
Ich verfiel in Gedanken: war die Alte vielleicht in meinem Zimmer herumgekrochen und hatte ihr Gebiß gesucht? Hatte sie es vielleicht sogar gefunden und sich selbst wieder eingesetzt?
Ich nahm den Krocketschläger und stocherte damit in der Ecke herum. Nein, das Gebiß lag nicht mehr da. Da nahm ich ein dickes Frieslaken aus der Kommode und ging auf die Alte zu. Den Krocketschläger hielt ich in der rechten Hand erhoben, zum Schlag bereit, in der linken das Frieslaken.
Ekel und Angst flößte mir diese tote Alte ein. Ich hob ihr mit dem Schläger den Kopf hoch: der Mund stand offen, die Augen starrten nach oben, und über den ganzen Unterkiefer, gegen den ich sie getreten hatte, breitete sich ein großer dunkler Fleck. Ich schaute der Alten in den Mund. Nein, sie hatte ihr Gebiß nicht gefunden. Ich ließ den Kopf los. Der Kopf fiel zurück und krachte auf den Fußboden.
Dann breitete ich das dicke Frieslaken auf dem Boden aus und zog es nah an die Alte heran.

Dann drehte ich die Alte mit der Fußspitze und dem Krocketschläger über die linke Seite auf den Rücken. Jetzt lag sie mitten auf dem Laken. Die Beine der Alten waren in den Knien angewinkelt, die Fäuste zu den Schultern erhoben. So auf dem Rücken liegend sah die Alte aus wie eine Katze, die sich gegen einen angreifenden Adler verteidigen will. So schnell wie möglich weg mit diesem Kadaver!

Ich schlug die Alte in das dicke Laken ein und hob sie an. Sie war leichter, als ich gedacht hatte. Ich verstaute sie in dem Koffer und versuchte, den Deckel zuzumachen. Hierbei hatte ich mit allen möglichen Schwierigkeiten gerechnet, aber der Deckel schloß sich verhältnismäßig leicht. Ich ließ die Kofferschlösser zuschnappen und richtete mich auf.

Der Koffer steht vor mir, äußerlich vollkommen wohlanständig, als lägen Wäsche und Bücher darin. Ich faßte ihn am Griff und versuchte, ihn zu heben. Ja, er war natürlich schwer, aber nicht übermäßig, bis zur Straßenbahn tragen konnte ich ihn durchaus.

Ich sah auf die Uhr: zwanzig Minuten vor sechs. Das war gut. Ich setzte mich in meinen Sessel, um ein wenig auszuruhen und meine Pfeife zu Ende zu rauchen.

Offenbar waren die Bockwürste, die ich heute gegessen hatte, nicht sehr gut gewesen, denn meine Bauchschmerzen wurden immer stärker. Aber vielleicht war das nur, weil ich sie kalt gegessen hatte? Oder vielleicht waren diese Bauchschmerzen auch nur nervlicher Art.

Ich sitze da und rauche. Die Minuten verrinnen.

Die Herbstsonne scheint zum Fenster herein, und ich kneife vor ihren Strahlen die Augen zusammen. Jetzt versteckt sie sich hinter dem Schornstein des gegenüberliegenden Hauses, der Schatten des Schornsteins läuft über das Dach, überfliegt die Straße und legt sich mir aufs Ge-

sicht. Mir fällt ein, wie ich gestern um dieselbe Zeit dagesessen und angefangen hatte, eine Geschichte zu schreiben. Da liegt sie: das karierte Rechenpapier und darauf in kleinen Buchstaben die Schrift: »Der Wundertäter war von hohem Wuchs.«
Ich blickte zum Fenster hinaus. Auf der Straße ging der Invalide mit dem Holzbein und stakte laut hörbar mit seinem Holzbein und seinem Stock über das Pflaster. Zwei Arbeiter und eine alte Frau, die Arme in die Hüften gestemmt, lachten laut über den komischen Gang des Invaliden.
Ich stand auf. Es war Zeit! Zeit zu fahren! Zeit, die Alte an den Sumpf zu bringen! Ich muß mir vorher nur noch vom Lokomotivführer Geld borgen.
Ich ging auf den Korridor hinaus und trat an seine Tür.
– Matvej Filippovič, sind Sie da? – fragte ich.
– Ja, – antwortete der Lokomotivführer.
– Entschuldigen Sie, Matvej Filippovič, sind Sie garade bei Kasse? Ich bekomme erst übermorgen etwas. Könnten Sie mir nicht dreißig Rubel borgen?
– Doch, kann ich, – sagte der Lokomotivführer. Und ich hörte, wie er mit Schlüsseln klapperte und irgendeinen Kasten aufschloß. Dann öffnete er die Tür und hielt mir einen neuen roten Dreißigrubelschein hin.
– Vielen Dank, Matvej Filippovič, – sagte ich.
– Keine Ursache, keine Ursache, – sagte der Lokomotivführer.
Ich steckte das Geld in die Tasche und ging zurück in mein Zimmer. Der Koffer stand ruhig an seinem alten Platz.
– Jetzt auf den Weg, und keinen Aufenthalt. – sagte ich zu mir selbst.
Ich nahm den Koffer und ging auf den Korridor hinaus. Marja Vasiljevna sah mich mit dem Koffer und rief:

– Wo wollen Schie hin?
– Zu meiner Tante, – sagte ich.
– Und schind Schie bald wieder tschurück? – fragte Marja Vasiljevna.
– Ja, – sagte ich. – Ich muß meiner Tante nur die Wäsche hinbringen, ich komme vielleicht noch heute abend zurück.
Ich trat auf die Straße hinaus. Bis zur Straßenbahn kam ich wohlbehalten, den Koffer bald in der linken, bald in der rechten Hand.
In der Straßenbahn blieb ich auf der vorderen Plattform stehen und winkte der Schaffnerin, damit sie sich das Geld für Fahrschein und Gepäck holen kam. Ich wollte meinen einzigen Dreißigrubelschein nicht durch den ganzen Wagen wandern lassen, konnte mich aber auch nicht entschließen, den Koffer einfach stehen zu lassen und selbst zur Schaffnerin vorzugehen. Die Schaffnerin kam zu mir auf die Plattform und erklärte, sie könne nicht wechseln. An der nächsten Haltestelle mußte ich aussteigen.
Wütend stand ich da und wartete auf die nächste Straßenbahn. Ich hatte Bauchschmerzen, und mir zitterten ein wenig die Knie.
Da sah ich auf einmal meine nette kleine Dame: sie überquerte die Straße und schaute nicht zu mir herüber.
Ich packte den Koffer und stürzte ihr nach. Ich wußte nicht, wie sie hieß, konnte sie also nicht rufen. Der Koffer war mir schrecklich hinderlich: ich hielt ihn mit zwei Händen vor mir und stieß ihn mit Knien und Bauch vorwärts. Die nette kleine Dame ging ziemlich rasch, und ich merkte, ich würde sie nicht einholen können. Ich war schweißüberströmt, und meine Kräfte ließen nach. Die nette kleine Dame bog in eine Seitengasse ein. Als ich die Stelle erreichte, war sie nirgends mehr zu sehen.

– Alte Hexe verdammte! – zischte ich und knallte den Koffer aufs Pflaster.
Die Ärmel meines Jacketts waren völlig schweißdurchnäßt und klebten mir an den Armen. Ich setzte mich auf den Koffer, zückte mein Taschentuch und wischte mir Hals und Gesicht trocken. Zwei kleine Jungen blieben vor mir stehen und fingen an, mich zu beobachten. Ich machte ein ruhiges Gesicht und schaute hartnäckig auf die nächstliegende Hauseinfahrt, als würde ich auf jemanden warten. Die Jungen flüsterten sich etwas zu und zeigten mit den Fingern auf mich. Der wilde Zorn würgte mich. Oh, wenn ich ihnen doch den Starrkrampf auf den Hals schicken könnte.
Aber diesen grindigen Rotzjungen zum Trotz stehe ich auf, packe den Koffer und gehe damit auf das Haustor zu und werfe einen Blick hinein. Ich mache ein steinernes Gesicht, ziehe die Uhr hervor und zucke die Achseln. Die Jungen beobachten mich von weitem. Ich zucke noch einmal die Achseln und werfe einen weiteren Blick in das Haustor.
– Merkwürdig, – sage ich laut, nehme den Koffer und schleppe ihn zur Straßenbahnhaltestelle.
Den Bahnhof erreichte ich fünf Minuten vor sieben. Ich löse eine Rückfahrkarte nach Lisij Nos und setze mich in den Zug.
Im Eisenbahnwagen sind außer mir noch zwei: einer, offenbar ein Arbeiter, er ist müde und schläft, die Schirmmütze über die Augen gezogen. Der andere, ein noch junger Kerl, ist gekleidet wie ein Beau vom Dorf: unter dem Jackett ein rosa Bauernhemd, mit Stehkragen, und unter der Schirmmütze schaut das Kraushaar hervor. Er raucht eine Zigarette, die in einer hellgrünen Bakelit-Spitze steckt.
Ich stelle den Koffer zwischen die Bänke und setze mich.

Ich habe solche Bauchschmerzen, daß ich die Fäuste zusammenpresse, um nicht laut aufzustöhnen vor Schmerz.
Über den Bahnsteig führen zwei Milizionäre einen Bürger zur Wache. Er geht, die Hände auf dem Rücken, den Kopf gesenkt.
Der Zug fährt an. Ich sehe auf die Uhr: zehn Minuten vor acht.
Oh, mit welcher Genugtuung werde ich diese Alte in den Sumpf stoßen! Schade, daß ich keinen Stock mitgenommen habe, bestimmt werde ich die Alte hinunterstoßen müssen.
Der Beau im rosa Bauernhemd mustert mich frech. Ich drehe ihm den Rücken zu und schaue zum Fenster hinaus.
In meinem Bauch wüten fürchterliche Wehen; ich beiße die Zähne aufeinander, presse die Fäuste zusammen und spanne die Beinmuskeln an.
Wir fahren durch Lanskaja und Novaja Derevnja. Dort glitzert die goldene Spitze der buddhistischen Pagode, und da taucht aus dem Dunkel das Meer auf.
Aber hier springe ich von meinem Platz auf und gehe, alles um mich her vergessend, mit Trippelschritten zur Toilette. Eine Welle des Wahnsinns wiegt und schaukelt mein Bewußtsein...
Der Zug verlangsamt die Fahrt. Wir fahren in Ljachta ein. Ich sitze und habe Angst mich zu rühren, damit mich auf der Haltestelle niemand von der Toilette verjagt.
– Wenn er doch nur wieder anfahren würde! Wenn er doch nur wieder anfahren würde!
Der Zug fährt an, und ich schließe vor Genuß die Augen. Oh, diese Minuten sind süß wie die Augenblicke der Liebe! Alle meine Kräfte sind angespannt, aber ich weiß, sie werden gleich darauf schrecklich nachlassen.

Der Zug hält schon wieder. Das ist Olgino. Also noch einmal dieselbe Prüfung!

Aber jetzt ist es schon falscher Drang. Der kalte Schweiß bricht mir aus, und ein leichte Kühle regt sich mir in der Herzgegend. Ich stehe auf und halte eine Zeitlang meine Stirn gegen die Wand gepreßt. Der Zug fährt, und das Hin- und Herschaukeln des Waggons ist sehr angenehm.

Ich raffe alle meine Kräfte zusammen und verlasse torkelnd die Toilette.

In meinem Wagen ist niemand mehr. Der Arbeiter und der Beau im rosa Bauernhemd sind offenbar in Ljachta oder in Olgino ausgestiegen. Ich gehe langsam zu meinem Fenster.

Und plötzlich bleibe ich stehen und schaue stumpf vor mich hin. Der Koffer ist weg. Dort, wo ich ihn hingestellt hatte, ist er nicht mehr. Bestimmt habe ich mich im Fenster geirrt. Ich laufe ans nächste Fenster. Der Koffer ist auch da nicht. Ich renne vor und zurück, laufe den gesamten Wagen ab, auf beiden Seiten, schaue unter jede Bank – der Koffer ist nirgends.

Kann hier irgendein Zweifel bestehen? Natürlich, während ich auf der Toilette war, ist der Koffer gestohlen worden. Das hätte ich voraussehen können!

Ich sitze mit weit aufgerissenen Augen auf meiner Bank, und aus irgendeinem Grunde fällt mir ein, wie bei Sakerdon Michajlovič mit einem Knacken das Email von der erhitzten Kasserolle abgeplatzt war.

– Und nun? – frage ich mich. – Wer wird jetzt noch glauben, daß ich die Alte nicht ermordet habe? Ich werde noch heute verhaftet, entweder hier oder in der Stadt auf dem Bahnhof, so wie jener Bürger, der mit gesenktem Kopf vor den Milizionären hergegangen war.

Ich trete hinaus auf die Plattform. Der Zug nähert sich Lisij Nos. Die kleinen weißen Pfähle, die die Strecke

begrenzen, blitzen auf. Der Zug hält. Die Treppen des Waggons reichen nicht bis zur Erde. Ich springe ab und gehe zum Stationsgebäude. Bis zum nächsten Zug, der in die Stadt geht, ist noch eine halbe Stunde.
Ich gehe in das Wäldchen. Da sind schon die Wacholdersträucher. Hinter ihnen kann mich niemand sehen. Ich lenke meine Schritte dorthin.
Über den Erdboden kriecht eine große grüne Raupe. Ich knie mich hin und berühre sie mit dem Finger. Sie rollt sich kräftig und sehnig mehrmals nach der einen und nach der anderen Seite zusammen.
Ich sehe mich um. Niemand kann mich sehen. Ein leichtes Schaudern läuft mir über den Rücken.
Ich senke den Kopf und sage leise:
– Im Namen des Vaters, des Sohnes und des Heiligen Geistes in Ewigkeit. Amen ....
....
....

Hier beende ich rechtzeitig mein Manuskript, in der Meinung, daß es ohnehin schon viel zu lang geraten ist.

Ende Mai und erste Hälfte Juni
1939

FÄLLE

ERGÄNZUNGEN EINES FRAGMENTS

Marina Vladimirovna Malič
gewidmet

2 FÄLLE*)

Einst aß Orlov zu viel Erbsenbrei und starb. Und als Krylov davon erfuhrt, starb auch er. Und Spiridonov starb von ganz allein. Und Spiridonovs Frau fiel von der Kommode und starb ebenfalls. Und Spiridonovs Kinder ertranken im Teich. Und Spiridonovs Großmutter ergab sich dem Suff und trieb sich auf der Straße herum. Und Michajlov hörte auf sich zu kämmen und kriegte die Krätze. Und Kruglov malte eine Dame mit Knute in der Hand und wurde verrückt. Und Perechrëstov bekam telegraphisch 400 Rubel und gab damit dermaßen an, daß man ihn entlassen mußte.

Lauter gute Menschen, und können keinen kühlen Kopf bewahren.

*) *Die FÄLLE 1, 3, 6, 8, 9, 12, 16, 17, 22, 25 und 28 finden sich im Band FÄLLE, Zürich: Haffmans Verlag 1984, S. 205–222. (A.d.Hrsg.)*

4 SONETT

Ein sonderbarer Fall ist mir passiert: ich hatte plötzlich vergessen, was zuerst kommt – die Sieben oder die Acht.
Ich begab mich zu meinen Nachbarn und fragte sie in dieser Sache nach ihrer Meinung.
Wie groß aber war ihre und meine Überraschung, als sie plötzlich entdeckten, daß auch sie sich nicht mehr an die Zahlenabfolge erinnern konnten. Eins, zwei, drei, vier, fünf und sechs, aber weiter hatten sie vergessen.
Wir gingen zusammen in das Kaufhaus »Gastronom«, Ecke Znamenskaja und Bassejnaja, und befragten die Kassiererin über unser Problem. Die Kassiererin lächelte wehmütig, zog sich ein kleines Hämmerchen aus dem Mund und sagte, die Nase leicht gerümpft:
– Meiner Meinung nach kommt die Sieben nach der Acht immer dann, wenn die Acht nach der Sieben kommt.
Wir dankten der Kassiererin und verließen hocherfreut das Kaufhaus. Doch draußen angelangt, als wir die Worte der Kassiererin überdachten, wurden wir wieder traurig, denn ihre Worte erwiesen sich als vollkommen sinnlos.
Was sollten wir tun? Wir gingen in den Letnij Sad und begannen dort, die Bäume zu zählen. Aber immer, wenn wir bei sechs angekommen waren, blieben wir stekken und fingen an zu streiten: nach Meinung der einen folgte nun die Sieben, nach Meinung der anderen – die Acht.
Wir hätten noch sehr lange gestritten, aber da fiel zum Glück ein kleines Kind von der Bank und brach sich Ober- und Unterkiefer. Das lenkte uns von unserem Streit ab.
Und dann gingen wir jeder für sich nach Hause.

5 PAKIN UND KRAKIN

PAKIN He, Krakin!
Komm, wir jagen Kraken!
KRAKIN Nein, das wag ich nicht zu wagen,
wir jagen lieber Kakerlaken!

GOGOL *fällt aus den Kulissen auf die Bühne und bleibt ruhig liegen.*

PUŠKIN *tritt auf, stolpert über Gogol und fällt* Zum Teufel! Ja nicht über Gogol!

GOGOL *erhebt sich* So eine Gemeinheit! Sie lassen einen nicht ruhen! *Geht, stolpert über Puškin und fällt.* Ja nicht über Puškin stolpern!

PUŠKIN *erhebt sich* Keine Minute Ruhe! *Geht, stolpert über Gogol und fällt.* Zum Teufel! Ja nicht wieder über Gogol!

GOGOL *erhebt sich* Ewig und überall Störungen! *Geht, stolpert über Puškin und fällt.* So eine Gemeinheit! Schon wieder über Puškin!

PUŠKIN *erhebt sich* Rowdytum! Das pure Rowdytum! *Geht, stolpert über Gogol und fällt.* Zum Teufel! Wieder über Gogol!

GOGOL *erhebt sich* Das ist der pure Hohn! *Geht, stolpert über Puškin und fällt.* Wieder über Puškin!

PUŠKIN *erhebt sich* Zum Teufel! Wahr und wahrhaftig zum Teufel! *Geht, stolpert über Gogol und fällt.* Über Gogol!

GOGOL *erhebt sich* Gemeinheit! *Geht, stolpert über Puškin und fällt.* Über Puškin!

PUŠKIN *erhebt sich* Zum Teufel! *Geht, stolpert über Gogol und fällt hinter die Kulissen.* Über Gogol!

GOGOL *erhebt sich* Gemeinheit! *Geht hinter die Kulissen.*

Hinter der Bühne die Stimme Gogols: »Über Puškin!«

Vorhang.

10 DER FALL DES SCHLÄFERS PETRAKOV

Einst wollte Petrakov sich schlafen legen, legte sich aber neben das Bett. So daß er zu Boden schlug, der Länge lang liegenblieb und nicht mehr aufstehen konnte.
Mit letzten Kräften stemmte er sich gegen den Boden und hob sich auf alle Viere. Doch die Kräfte verließen ihn, er fiel wieder platt auf den Bauch und blieb liegen.
Fünf Stunden lag Petrakov auf dem Boden. Zuerst lag er nur da, dann schlief er ein.
Der Schlaf verlieh ihm neue Kräfte. Petrakov erwachte gesund und munter, erhob sich, ging im Zimmer auf und ab und legte sich vorsichtig aufs Bett.
»So, – denkt er, – jetzt schlafe ich mich richtig aus.« Aber schlafen konnte er nicht mehr. So wälzte sich Petrakov von einer Seite auf die andere und kann und kann einfach nicht einschlafen.
Das ist eigentlich alles.

11 GESCHICHTE EINER SCHLÄGEREI

Aleksej Alekseevič nahm Andrej Karlovič in den Schwitzkasten, haute ihm eine in die Fresse und ließ ihn wieder los.

Andrej Karlovič, blaß vor Zorn, stürzte sich auf Aleksej Alekseevič und haute ihm eine aufs Maul.

Aleksej Alekseevič, nicht gefaßt auf einen solch überraschenden Angriff, stürzte zu Boden, und Andrej Karlovič setze sich rittlings auf ihn, nahm das Gebiß aus dem Mund und bearbeitete Aleksej Alekseevič damit derart, daß Aleksej Alekseevič sich mit völlig entstelltem Gesicht und zerfetzten Nasenflügeln erhob. Die Hände vorm Gesicht lief Aleksej Alekseevič davon.

Andrej Karlovič wischte sein Gebiß sauber, setzte es sich wieder in den Mund, biß ein paarmal die Zähne zusammen, und als er sich überzeugt hatte, daß das Gebiß wieder saß, schaute er in die Runde, konnte aber Aleksej Alekseevič nicht sehen und ging ihn deshalb suchen.

13 DER MATHEMATIKER UND ANDREJ SEMËNOVIČ

MATHEMATIKER
holt sich eine Kugel aus dem Kopf
Ich habe mir eine Kugel aus dem Kopf geholt.
Ich habe mir eine Kugel aus dem Kopf geholt.
Ich habe mir eine Kugel aus dem Kopf geholt.
Ich habe mir eine Kugel aus dem Kopf geholt.
ANDREJ SEMËNOVIČ Leg sie wieder zurück.
Leg sie wieder zurück.
Leg sie wieder zurück.
Leg sie wieder zurück.
MATHEMATIKER Nein, das werd ich nicht tun!
Nein, das werd ich nicht tun!
Nein, das werd ich nicht tun!
Nein, das werd ich nicht tun!
ANDREJ SEMËNOVIČ Dann laß es eben bleiben.
Dann laß es eben bleiben.
Dann laß es eben bleiben.
MATHEMATIKER Ich leg sie auch nicht wieder zurück!
Ich leg sie auch nicht wieder zurück!
Ich leg sie auch nicht wieder zurück!
ANDREJ SEMËNOVIČ Na schön, in Ordnung.
Na schön, in Ordnung.
Na schön, in Ordnung.
MATHEMATIKER Siehst du, ich habe gesiegt!
Siehst du, ich habe gesiegt!
Siehst du, ich habe gesiegt!
ANDREJ SEMËNOVIČ Na schön, du hast gesiegt und jetzt gib Ruhe.
MATHEMATIKER Nein, ich gebe keine Ruhe!
Nein, ich gebe keine Ruhe!
Nein, ich gebe keine Ruhe!

ANDREJ SEMËNOVIČ Wenn du auch Mathematiker bist, aber Ehrenwort, klug bist du nicht.

MATHEMATIKER Doch, ich bin klug und weiß sehr viel!
Doch, ich bin klug und weiß sehr viel!
Doch, ich bin klug und weiß sehr viel!

ANDREJ SEMËNOVIČ Viel, aber lauter Blödsinn.

MATHEMATIKER Nein, keinen Blödsinn!
Nein, keinen Blödsinn!
Nein, keinen Blödsinn!

ANDREJ SEMËNOVIČ Ich habe es satt, mich mit dir herumzustreiten!

MATHEMATIKER Nein, du hast es nicht satt!
Nein, du hast es nicht satt!
Nein, du hast es nicht satt!

Andrej Semënovič winkt ärgerlich ab und geht. Der Mathematiker bleibt einen Augenblick lang stehen, dann geht er Andrej Semënovič nach.

Vorhang.

14 DER JUNGE MANN, DER EINEN WÄCHTER IN STAUNEN VERSETZTE

– Sieh einer an! – sagte der Wächter, während er eine Fliege beobachtete. – Wenn ich sie jetzt mit Tischlerleim beschmieren würde, dann wär ihr Stündlein wohl gekommen. Das ist mir eine Geschichte! Mit einfachem Leim!

– He du, Waldschrat! – rief den Wächter ein junger Mann in gelben Handschuhen an.

Der Wächter begriff nicht sogleich, daß er gemeint war, und beobachtete weiter die Fliege.

– He, mit dir rede ich! – rief der junge Mann wieder. – Altes Rindvieh!

Der Wächter zerdrückte die Fliege mit dem Finger und sagte, ohne dem jungen Mann den Kopf zuzuwenden:

– Und du, Schandmaul, was brüllst du hier herum? Ich hör dich auch so. Hier wird nicht gebrüllt!

Der junge Mann klopfte sich mit den Handschuhen den Staub von der Hose und fragte mit delikater Stimme:

– Sagen Sie, Großväterchen, wie kommt man von hier in den Himmel?

Der Wächter musterte den jungen Mann, kniff das eine Auge zu, dann das andere, kratzte sich den Bart, musterte den jungen Mann abermals und sagte:

– Hier wird nicht stehengeblieben, weitergehen.

– Entschuldigen Sie, – sagte der junge Mann, – aber ich habe einen dringenden Termin. Das Zimmer für mich steht schon bereit.

– In Ordnung, – sagte der Wächter, – zeig deine Eintrittskarte.

– Eintrittskarte habe ich keine; man hat mir gesagt, ich käme auch so rein, – sagte der junge Mann und sah dem Wächter ins Gesicht.

– So siehst du aus! – sagte der Wächter.
– Also wie jetzt? – fragte der junge Mann. – Lassen Sie mich rein?
– Na schön, in Ordnung, – sagte der Wächter. – Gehen Sie.
– Aber wie denn? Wohin? – fragte der junge Mann. – Ich kenne doch den Weg nicht.
– Wohin wollen Sie? – fragte der Wächter mit strengem Gesicht.
Der junge Mann hielt sich die Hand vor den Mund und sagte sehr leise:
– In den Himmel!
Der Wächter beugte sich vor, verlegte das Gewicht aufs rechte Bein, um fester zu stehen, sah den jungen Mann durchdringend an und fragte schroff:
– Was? Du willst mich auf den Arm nehmen?
Der junge Mann lächelte, hob eine Hand im gelben Handschuh, schwenkte sie über dem Kopf und war auf einmal verschwunden.
Der Wächter schnupperte in der Luft. Sie roch nach versengten Federn.
– So siehst du aus! – sagte der Wächter, knöpfte Jacke auf, strich sich über den Bauch, spuckte auf die Stelle, an der der junge Mann gestanden hatte, und ging langsam in sein Schilderhäuschen.

15 VIER ILLUSTRATIONEN DAZU, WIE EINE NEUE IDEE DEN MENSCHEN AUS DEM GLEICHGEWICHT BRINGT, WENN DIESE IHN UNVORBEREITET TRIFFT

I

SCHRIFTSTELLER Ich bin Schriftsteller.
LESER Und für mich bist du Sch … e!

Der Schriftsteller bleibt einige Augenblicke erschüttert von dieser neuen Idee stehen und fällt dann tot zu Boden. Er wird hinausgetragen.

II

MALER Ich bin Maler.
ARBEITER Und für mich bist du Sch … e!

Der Maler wurde hier weiß wie Leinwand, wankte wie ein Rohr im Wind und verstarb ganz unverhofft.
Er wird hinausgetragen.

III

KOMPONIST Ich bin Komponist.
VANJA RUBLËV Und für mich bist du Sch … e!

Der Komponist sackt, schwer atmend, in sich zusammen. Er wird ganz unverhofft hinausgetragen.

IV

CHEMIKER Ich bin Chemiker.
PHYSIKER Und für mich bist du Sch … e!

Der Chemiker sagte kein Wort mehr und stürzte schwer zu Boden.

Petrov schwingt sich aufs Pferd und hält, an die Menge gewandt, eine Rede, darüber, was wäre, wenn an der Stelle, wo sich der öffentliche Park befindet, ein amerikanischer Wolkenkratzer gebaut würde. Die Menge hört zu und ist sichtlich seiner Meinung. Petrov notiert sich etwas in seinem Notizbuch. Da löst sich aus der Menge ein Mann von mittlerer Größe und fragt Petrov, was er da in seinem Notizbuch notiert habe. Petrov gibt zur Antwort, das gehe nur ihn etwas an. Der Mann von mittlerer Größe hakt nach. Ein Wort gibt das andere, ein Streit bricht aus. Die Menge nimmt Partei für den Mann von mittlerer Größe, und Petrov gibt, um sein Leben zu retten, seinem Pferd die Sporen und verschwindet in der Straßenkurve. Die Menge ist erregt und packt, in Ermangelung eines anderen Opfers, den Mann von mittlerer Größe und reißt ihm den Kopf ab. Der abgerissene Kopf rollt über das Pflaster und bleibt auf einem Kanaldeckel liegen. Die Menge hat ihrer Leidenschaft genügt und verläuft sich.

19 BEGEGNUNG

Da ging einmal ein Mensch ins Büro und traf unterwegs einen anderen Menschen, der soeben ein französisches Weißbrot gekauft hatte und sich auf dem Heimweg befand.

Das ist eigentlich alles.

Auf die Bühne kommt Petrakov-Gorbunov, will etwas sagen, bekommt aber den Schlucken. Es würgt ihn, er fängt an, sich zu übergeben. Er geht ab.

Auf die Bühne kommt Pritykin.

PRITYKIN Der sehr verehrte Petrakov-Gorbunov hat sich... *Er übergibt sich, auch er läuft hinaus.*

Auf die Bühne kommt Makarov.

MAKAROV Egor... *Makarov übergibt sich. Er läuft hinaus.*

Auf die Bühne kommt Serpuchov.

SERPUCHOV Um nicht zu... *Er übergibt sich, läuft hinaus.*

Auf die Bühne kommt die Kurova.

KUROVA Ich möchte... *Sie übergibt sich, läuft hinaus.*

Ein kleines Mädchen kommt auf die Bühne.

DAS KLEINE MÄDCHEN Papa hat mich gebeten, Ihnen allen auszurichten, Sie möchten das Theater schließen. Und wird allen übel!

Vorhang.

21 ZACK!

Sommer. Ein Schreibtisch. Rechts eine Tür. An der Wand ein Bild. Auf dem Bild ist ein Pferd dargestellt, und zwischen den Zähnen des Pferds ein Zigeuner. Olga Petrovna spaltet Holz. Bei jedem Schlag springt Olga Petrovna der Zwicker von der Nase. Evdokim Osipovič sitzt im Sessel und raucht.

OLGA PETROVNA *schlägt mit dem Beil auf den Klotz, der jedoch keinerlei Anstalten macht zu zerspringen.*
EVDOKIM OSIPOVIČ Zack!
OLGA PETROVNA *setzt den Zwicker auf, haut auf den Klotz.*
EVDOKIM OSIPOVIČ Zack!
OLGA PETROVNA *setzt den Zwicker auf, haut auf den Klotz.*
EVDOKIM OSIPOVIČ Zack!
OLGA PETROVNA *setzt den Zwicker auf, haut auf den Klotz.*
EVDOKIM OSIPOVIČ Zack!
OLGA PETROVNA *setzt den Zwicker auf* Evdokim Osipovič! Bitte sagen Sie nicht immer dieses »Zack«!
EVDOKIM OSIPOVIČ Gut, gut.
OLGA PETROVNA *schlägt mit dem Beil auf den Klotz.*
EVDOKIM OSIPOVIČ Zack!
OLGA PETROVNA *setzt den Zwicker auf* Evdokim Osipovič! Sie hatten mir versprochen, nicht immer dieses »Zack« zu sagen!
EVDOKIM OSIPOVIČ Gut, gut, Olga Petrovna. Ich wills nicht wieder tun.
OLGA PETROVNA *schlägt mit dem Beil auf den Klotz.*
EVDOKIM OSIPOVIČ Zack!
OLGA PETROVNA *setzt den Zwicker auf* Eine Unverschämtheit! Ein erwachsener Mann und kein Verständnis für eine einfache menschliche Bitte.
EVDOKIM OSIPOVIČ Olga Petrovna! Setzen Sie Ihre Arbeit ruhig fort. Ich werde Sie nicht stören.

OLGA PETROVNA Ich bitte Sie herzlich! lassen Sie mich nur noch diesen Klotz hier spalten.

EVDOKIM OSIPOVIČ Spalten Sie, spalten Sie!

OLGA PETROVNA *schlägt mit dem Beil auf den Klotz.*

EVDOKIM OSIPOVIČ Zack!

OLGA PETROVNA *läßt das Beil sinken, öffnet den Mund, kann aber nichts sagen.*

EVDOKIM OSIPOVIČ *steht aus dem Sessel auf, mustert Olga Petrovna von Kopf bis Fuß und geht langsam ab.*

OLGA PETROVNA *steht regungslos, mit offenem Munde, da und starrt Evdokim Osipovič hinterdrein.*

Der Vorhang fällt langsam.

23 MAŠKIN HAT KOŠKIN ERSCHLAGEN

Genosse Koškin tänzelt um den Genossen Maškin herum.

Gen. Maškin folgt dem Gen. Koškin mit den Augen.

Gen. Koškin macht anstößige Handbewegungen und verrenkt schamlos die Beine.

Gen. Maškin runzelt die Stirn.

Gen. Koškin streckt den Bauch raus und stampft mit dem rechten Fuß auf.

Gen. Maškin schreit auf und stürzt sich auf den Gen. Koškin.

Gen. Koškin versucht zu fliehen, stolpert jedoch und wird vom Gen. Maškin eingeholt.

Gen. Maškin schlägt den Gen. Koškin mit der Faust auf den Kopf.

Gen. Koškin schreit auf und fällt auf alle Viere.

Gen. Maškin versetzt dem Gen. Koškin einen Tritt in den Unterleib und schlägt ihm nochmals die Faust ins Genick.

Gen. Koškin streckt alle Viere von sich und stirbt. Maškin hat Koškin erschlagen.

24 DER SCHLAF NARRT EINEN MENSCHEN

Markov zog die Stiefel aus und legte sich mit einem Seufzer aufs Sofa.
Er wollte schlafen, aber kaum hatte er die Augen geschlossen, war der Wunsch zu schlafen auch schon verflogen. Markov schlug die Augen auf und tastete nach einem Buch. Doch da befiel ihn wieder der Schlaf, und ohne das Buch erreicht zu haben, legte er sich zurück und schloß erneut die Augen. Aber kaum hatte er die Augen geschlossen, verflog der Schlaf wieder, und sein Bewußtsein wurde so klar, daß er algebraische Gleichungen mit zwei Unbekannten im Kopf zu lösen vermochte.
Lange quälte sich Markov und wußte nicht, was er tun sollte: schlafen oder aufbleiben? Schließlich, verquält und voller Haß auf sich und sein Zimmer, zog Markov Hut und Mantel an, nahm den Stock in die Hand und ging auf die Straße hinaus. Ein frischer Wind beruhigte Markov, ihm wurde froh ums Herz, und er bekam Lust, auf sein Zimmer zurückzukehren.
Wieder in seinem Zimmer, verspürte er im ganzen Körper eine wohlige Müdigkeit und bekam Lust zu schlafen. Doch kaum hatte er sich hingelegt und die Augen geschlossen, floh ihn augenblicklich der Schlaf.
Voller Zorn sprang Markov vom Sofa auf und rannte, ohne Hut und Mantel, in Richtung Taurischer Garten.

26 HISTORISCHE EPISODE

Für V.N. Petrov

Ivan Ivanovič Susanin (eben jene historische Persönlichkeit, die ihr Leben für den Zaren eingesetzt hatte und infolge dessen in der Oper Glinkas besungen wurde) kam einmal in ein russisches Wirtshaus, setzte sich an einen Tisch und verlangte ein Entrecôte. Während der Gastwirt das Entrecôte briet, kaute Ivan Ivanovič an seinem Bart und verfiel in Gedanken; das war so seine Gewohnheit.

Es vergingen fünfunddreißig Minuten an Zeit, und der Wirt brachte Ivan Ivanovič das Entrecôte auf einem runden Holzteller. Ivan Ivanovič war hungrig und packte, nach den Sitten jener Zeit, das Entrecôte mit beiden Händen und begann, es zu essen. Doch Ivan Ivanovič hatte es so eilig, seinen Hunger zu stillen, und machte sich so gierig über das Entrecôte her, daß er vergaß, den Bart aus dem Mund zu nehmen, und so aß er das Entrecôte zusammen mit einem Stück seines Bartes.

Und da kam es zu jenem Mißgeschick, denn kaum war eine Viertelstunde vergangen, als in Ivan Ivanovičs Bauch böse Schmerzen zu wüten begannen. Ivan Ivanovič sprang auf und stürzte hinaus. Der Wirt rief Ivan Ivanovič hinterdrein: »Ei seht, sein Bart ist ganz zerfetzt!« Aber Ivan Ivanovič beachtete nichts um sich her und rannte hinaus auf den Hof.

Da haute der Bojar Kovšegub, der in dem Wirtshaus in einer Ecke saß und Most trank, mit der Faust auf den Tisch und rief: »Wer ist dieser Mann?« Der Wirt aber verneigte sich tief und gab zur Antwort: »Dieser Mann ist unser Patriot Ivan Ivanovič Susanin.« – »So so!« – sagte der Bojar und trank seinen Most aus. »Ein kleiner Fisch gefällig?« – fragte der Wirt. »Pack dich!« – rief da

der Bojar und schleuderte dem Wirt den Schöpflöffel nach. Der Schöpflöffel blitzte am Kopf des Wirtes vorbei, flog durch das Fenster auf den Hof und traf den dort wie ein Adler hockenden Ivan Ivanovič mitten in die Fresse. Ivan Ivanovič faßte sich an die Wange und fiel auf die Seite.
Da kam von rechts Karp aus der Scheune, sprang über einen Trog, in dem ein Schwein lag, und lief schreiend zum Hoftor. Der Wirt schaute aus dem Wirtshaus. »Was brüllst du so?« – fragte er Karp. Aber Karp lief ohne Antwort davon.
Der Wirt trat auf den Hof hinaus und erblickte Susanin, der reglos auf der Erde lag. Der Wirt trat näher und blickte ihm ins Gesicht. Susanin sah den Wirt durchdringend an. »Also du lebst?« – fragte der Wirt. »Ich lebe noch, doch ich befürchte, daß man mir noch einmal etwas an den Kopf wirft«, – sagte Susanin. »Nein«, – sagte der Wirt, – »befürchte nichts. Zwar hätte der Bojar Kovšegub dich um ein Haar erschlagen, doch jetzt ist er von dannen gegangen.« – »Lob sei dir, oh Herr!« – sagte Ivan Susanin und erhob sich vom Boden. – »Ich bin ein tapferer Mann, doch setze ich mein Leben höchst ungern umsonst ein. So schmiegte ich mich allhier an den Boden und wartete: was wird nun geschehen? Nicht viel hat gefehlt, und ich wäre auf dem Bauche bis nach Eldyrina Sloboda gekrochen... Seht nur meine Wange, wie sie geschwollen ist. Ihr Heiligen! Der halbe Bart ist ab!« – »Das war schon vorher so«, – sagte der Wirt. »Wie das, schon vorher?« – rief da der Patriot Susanin. – »Willst du sagen, ich sei mit einem zerfetzten Bart herumgelaufen?« – »Bist du«, – sagte der Wirt. »Ach, du Saukerl«, – stieß Ivan Susanin hervor. Der Wirt kniff die Augen zusammen, holte aus und haute Susanin mit voller Wucht eine aufs Ohr. Der Patriot Susanin schlug

dumpf zu Boden und blieb regungslos liegen. »Da hast dus! Selber Saukerl!« – sagte der Wirt und entfernte sich in sein Wirtshaus.

Einige Zeit lag Susanin am Boden und horchte, da er aber nichts Verdächtiges vernahm, hob er vorsichtig den Kopf und blickte sich um. Auf dem Hofe war niemand, das Schwein nicht gerechnet, das, inzwischen aus dem Trog geklettert, sich in einer schmutzigen Pfütze suhlte. Ivan Susanin kroch, sich ständig umblickend, auf das Tor zu. Zum Glück stand das Tor offen, und der Patriot Ivan Susanin kroch, sich am Boden windend wie ein Wurm, in Richtung Eldyrina Sloboda davon.

Das ist eine Episode aus dem Leben der bekannten historischen Persönlichkeit, die ihr Leben für den Zaren eingesetzt hatte und infolge dessen in der Oper Glinkas besungen wurde.

1939

Fedja hatte lange vor der Butterdose auf der Lauer gelegen und endlich den Moment abgepaßt, als seine Frau sich bückte, um sich die Zehennägel zu schneiden, da holte er rasch, mit einer einzige Bewegung, mit dem Zeigefinger die ganze Butter aus der Butterdose und steckte sie sich in den Mund. Als er die Butterdose zumachte, klapperte Fedja aus Versehen mit dem Deckel. Sofort richtete seine Frau sich auf, sah die Butterdose leer, zeigte mit der Nagelschere darauf und sagte streng:
– Die Butter ist weg. Wo ist sie?
Fedja machte erstaunte Augen und blickte, den Hals langgezogen, in die Butterdose.
– Du hast die Butter im Mund, – sagte seine Frau und zeigte mit der Nagelschere auf Fedja.
Fedja schüttelte den Kopf.
– Aha, – sagte seine Frau. – Du schweigst und schüttelst nur den Kopf, weil du den Mund voll Butter hast.
Fedja riß die Augen auf und gestikulierte wild, als wolle er sagen: »Wo denkst du hin, wo denkst du hin, nichts dergleichen!« Aber seine Frau sagte:
– Du lügst. Mach den Mund auf.
– Mm, – sagte Fedja.
– Mach den Mund auf, – wiederholte seine Frau.
Fedja spreizte die Finger und muhte, als wollte er sagen: »Ach, ich hab ja ganz vergessen; ich bin gleich wieder da«, stand auf und wollte das Zimmer verlassen.
– Halt! – rief seine Frau.
Aber Fedja legte einen Schritt zu und war hinter der Tür verschwunden. Seine Frau stürzte ihm nach, aber an der Tür blieb sie stehen, denn sie war nackt und konnte in diesem Aufzug nicht auf den Korridor, über den die anderen Mieter dieser Wohnung liefen.

– Weg ist er, – sagte die Frau und setzte sich aufs Sofa. – So ein Teufel.
Fedja indes gelangte auf dem Korridor an jene Tür, an der das Schild *Eintritt strengstens verboten* hing, öffnete diese Tür und trat ein.
Das Zimmer, das Fedja betrat, war schmal und lang, und das Fenster mit Zeitungspapier verhängt. An der Wand rechts stand eine schmutzige, durchgelegene Liege, und vor dem Fenster ein Tisch, der aus einem Brett bestand, das mit dem einen Ende auf dem Nachttisch auflag, mit dem anderen auf der Stuhllehne. An der Wand links hing ein Regal mit zwei Böden, auf denen etwas Undefinierbares lagerte. Mehr war nicht in dem Zimmer, den Mann nicht gerechnet, der mit blaß-grünem Gesicht auf der Liege lag, angetan mit einer langen und zerschlissenen zimtbraunen Jacke und schwarzen Nakingshosen, aus denen sauber gewaschene bloße Füße ragten. Dieser Mann schlief nicht und sah den Eingetretenen durchdringend an.
Fedja verbeugte sich, machte einen Kratzfuß, holte mit dem Finger die Butter aus dem Mund und zeigte sie dem liegenden Mann.
– Anderthalb, – sagte der Herr des Zimmers, ohne seine Pose zu ändern.
– Das ist zu wenig, – sagte Fedja.
– Das reicht, – sagte der Herr des Zimmers.
– Also gut, – sagte Fedja, streifte die Butter vom Finger und legte sie in das Regal.
– Wegen dem Geld komm morgen früh, – sagte der Herr.
– Was fällt Ihnen ein! – schrie Fedja auf. – Ich brauche es sofort. Es sind ja nur anderthalb Rubel…
– Scher dich raus, – sagte der Herr des Zimmers trocken, und Fedja huschte auf Zehenspitzen hinaus, sorgfältig die Tür hinter sich schließend.

1939

29 BEGINN EINES SEHR SCHÖNEN SOMMERTAGES

EINE SYMPHONIE

Kaum hatte der Hahn gekräht, schlüpfte Timofej aus der Dachluke und erschreckte von dort oben jeden, der um diese Zeit die Straße entlangging. Der Bauer Chariton blieb stehen, hob einen Stein auf und warf ihn nach Timofej. Timofej verschwand irgendwohin. »Geschickt, der Kerl!« – rief die Menschenherde, und ein gewisser Zubov rannte los und knallte in vollem Lauf mit dem Kopf gegen eine Mauer. »Ach!« – schrie eine alte Frau mit Zahngeschwür. Aber Komarov machte der Alten pitsche-patsche auf die Backe, so daß die Alte heulend in ein Torweg floh. Feteljušin kam vorbei und mußte lachen. Komarov trat auf ihn zu und sagte: »He, du schadenfrohes Schwein!« und haute Feteljušin in den Bauch. Feteljušin lehnte sich gegen die Mauer und bekam den Schluckauf. Romaškin spuckte von oben aus dem Fenster, mit dem Ziel, Feteljušin zu treffen. Da verprügelte ganz in der Nähe ein altes langnasiges Weib sein Kind mit dem Trog. Und eine junge dickliche Mutter putzte ihrem hübschen Mädchen die Nase an der Backsteinmauer. Ein kleines Hündchen, das sich sein zartes Beinchen gebrochen hatte, wälzte sich auf dem Gehsteig. Ein kleiner Junge aß aus dem Spucknapf irgendeine Sauerei. Vor dem Lebensmittelgeschäft stand eine lange Schlange um Zucker an. Die Weiber schimpften laut und knufften sich gegenseitig mit ihren Portemonnaies. Der Bauer Chariton, der sich mit Denaturiertem betrunken hatte, stand mit offenem Hosenstall vor den Weibern und stieß unanständige Wörter hervor.
So begann ein sehr schöner Sommertag.

– He, du, laß die Faxen! – sagte Pakin zu Rakukin. Rakukin rümpfte die Nase und schaute Rakukin mißbilligend an.
– Was schaust du so? Erkennst du mich nicht? – fragte Pakin. Rakukin kaute auf den Lippen, drehte sich empört auf seinem Drehsessel um und schaute in eine andere Richtung. Pakin trommelte mit den Fingern auf seinem Knie und sagte:
– So ein Trottel! Dem sollte man mit dem Stock eine ins Genick hauen.
Rakukin stand auf und ging aus dem Zimmer, doch Pakin sprang schnell auf, holte Rakukin ein und sagte:
– Halt! Wo willst du hin? Setz dich lieber, ich habe dir was zu zeigen.
Rakukin blieb stehen und sah Pakin mißtrauisch an.
– Was, glaubst du mir nicht?
– Doch, – sagte Rakukin.
– Dann setz dich hier in diesen Sessel, – sagte Pakin. Und Rakukin setzte sich wieder in seinen Drehsessel.
– So, – sagte Pakin, – und was sitzt du in dem Sessel wie ein Trottel?
Rakukin veränderte die Beinstellung und zwinkerte mit den Augen.
– Hör auf zu zwinkern, – sagte Pakin.
Rakukin hörte auf zu zwinkern, machte einen krummen Rücken und zog den Kopf zwischen die Schultern.
– Sitz gerade, – sagte Pakin.
Rakukin saß weiter mit krummem Rücken, streckte den Bauch raus und zog den Hals lang.
– Ach, – sagte Pakin, – würde ich dir jetzt gerne eine in die Fresse haun.

Rakukin schluckte, blies die Backen auf und ließ dann vorsichtig die Luft aus der Nase.
– He, du, laß die Faxen! – sagte Pakin zu Rakukin.
Rakukin zog den Hals noch länger und zwinkerte wieder ganz schnell mit den Augen.
Pakin sagte:
– Rakukin, wenn du nicht sofort aufhörst zu zwinkern, verpasse ich dir einen Tritt vor die Brust.
Rakukin verzog, um nicht zwinkern zu müssen, den Unterkiefer, zog den Hals noch länger und warf den Kopf zurück.
– Iii, wie widerlich du aussiehst, – sagte Pakin. – Eine Schnauze wie ein Huhn, ein Hals wie ein Schwein, einfach ekelhaft!
Da fiel Rakukins Kopf noch weiter zurück und klappte schließlich, da er jede Spannung verloren hatte, auf den Rücken.
– Was zum Teufel soll das! – rief Pakin. – Was ist das schon wieder für ein Kunststück?
Wenn man von Pakin zu Rakukin hinübersah, so hätte man denken können, Rakukin säße da ganz ohne Kopf. Rakukins Adamsapfel stach in die Luft. Unwillkürlich hätte man denken mögen, es sei seine Nase.
– He, Rakukin! – sagte Pakin.
Rakukin schwieg.
– Rakukin! – wiederholte Pakin.
Rakukin gab keine Antwort und saß weiter regungslos da.
– So, – sagte Pakin. – Rakukin ist verreckt.
Pakin bekreuzigte sich und verließ auf Zehenspitzen das Zimmer.
Etwa vierzehn Minuten später kroch aus Rakukins Körper eine kleine Seele und schaute böse auf den Platz, auf dem noch vor kurzem Pakin gesessen hatte. Aber da

trat hinter dem Schrank die hohe Gestalt des Todesengels hervor, faßte Rakukins Seele bei der Hand und führte sie irgendwohin, durch Häuser und Mauern hindurch. Rakukins Seele folgte dem Todesengel, wobei sie sich alle Augenblicke böse umschaute. Aber da legte der Todesengel einen Schritt zu, und Rakukins Seele verschwand, hüpfend und stolpernd, in der Ferne hinter einer Straßenbiegung.

ANLAGE I

KINDERGESCHICHTEN

ERSTENS UND ZWEITENS

Erstens sang ich ein Lied und ging los.

Zweitens kommt Petja zu mir und sagt: »Ich komme mit.« So gingen wir beide und sangen ein Lied.

Drittens gehen wir und schauen, da steht auf der Straße ein Mann, so groß wie ein Eimer.
»Was bist denn du für einer?« – fragen wir ihn. »Ich bin der kleinste Mensch der Welt.« – »Komm mit uns.« – »Gehen wir.« Wir gingen weiter, aber der Kleine kann mit uns nicht Schritt halten. Er rennt und rennt, bleibt aber trotzdem zurück. Da nahmen wir ihn an den Händen. Petja an der rechten, ich an der linken. Der Kleine hängt an unseren Händen und reicht mit den Füßen kaum auf den Boden.
So gingen wir weiter. Wir gehen zu dritt und peifen ein Lied.

Viertens gehen wir und schauen, da liegt an der Straße ein Mann, der hat den Kopf auf einen Baumstumpf gelegt und ist so lang, daß man nicht sieht, wo seine Beine aufhören. Wir gehen näher heran, da springt er auf die Füße, haut mit der Faust auf den Baumstumpf, daß der Stumpf im Erdboden versinkt. Der Lange blickt sich um, sieht uns und sagt: »Wer seid ihr, sagt er, daß ihr mich beim Schlafen stört?« – »Wir«, – sagen wir, »wir sind lustige Leute. Willst du mit uns kommen?« – »Gut«, – sagt der Lange, aber kaum macht er einen Schritt, schon ist er zwanzig Meter weiter. »He«, – ruft der Kleine ihm nach, – »warte ein bißchen!« Wir schnappten den Kleinen und rannten zu dem Langen. »Nein«, sagen wir, »so geht das nicht, du mußt kleine Schritte machen.«

Also macht der Lange kleine Schritte, aber was halfs? Zehn kleine Schritte, und er ist nicht mehr zu sehen. – »Dann nimmst du den Kleinen auf die Schultern, und uns unter die Arme.« Der Lange setzte sich den Kleinen auf die Schulter, uns klemmte er unter die Arme und ging los. – »Hast dus bequem?« fragte ich Petja. »Ja, und du?« – »Ich auch«, sage ich. Und wir pfiffen ein lustiges Lied. Und der Lange geht und pfeift das Lied mit, und der Kleine sitzt auf seiner Schulter und pfeift ebenfalls mit, er pfeift wie eine Nachtigall.

Fünftens gehen wir und schauen, da steht mitten auf unserem Weg ein Esel. Wir freuten uns und beschlossen, auf dem Esel zu reiten. Als erster versuchte es der Lange. Er schwang ein Bein über den Esel, aber der Esel reichte ihm nicht einmal bis ans Knie. Und als der Lange sich zum Reiten setzen wollte, lief der Esel ein paar Schritte weiter, und der Lange landete mit vollem Schwung auf dem Boden. Wir versuchten, den Kleinen auf den Esel zu setzen. Aber kaum hatte er Esel ein paar Schritte gemacht, schon konnte der Kleine sich nicht mehr halten und fiel zu Boden. Da stand er auf und sagt: »Soll der Lange mich lieber wieder auf die Schulter nehmen, und ihr beide reitet auf dem Esel.« Petja und ich setzten uns also, wie der Kleine gesagt hatte, und ritten los. Und alle hatten wir es schön. Und alle pfeifen wir ein Lied.

Sechstens kommen wir an einen großen See. Wir sehen hin, da liegt am Ufer ein Boot. »Nun, fahren wir mit dem Boot?« sagt Petja. Petja und ich setzen uns bequem in das Boot, auch den Langen brachten wir mit Müh und Not unter. Er mußte sich ganz zusammenkauern, kauerte, die Knie direkt unterm Kinn.

Der Kleine kroch unter die Bank, bloß für den Esel war kein Platz. Wenn wir den Langen nicht mitgenommen hätten, dann hätte auch der Esel Platz gehabt. Aber beide zusammen ging nicht. »Dann machen wir es so«, sagt der Kleine, »du, Langer, gehst am Ufer, wir setzen den Esel ins Boot und fahren.« Wir setzten den Esel ins Boot, der Lange ging am Ufer und zog auch noch unser Boot an der Leine hinter sich her. Der Esel sitzt, hat Angst sich zu rühren, sicher fährt er zum ersten Mal Boot. Die übrigen haben es schön. Wir fahren auf dem See, pfeifen ein Lied. Der Lange zieht unser Boot und singt ebenfalls ein Lied.

Siebtens kommen wir ans andere Ufer, schauen, da steht ein Auto. – »Was kann denn das sein?« sagt der Lange. »Was ist das?« sagt der Kleine. »Das«, sage ich, »ist ein Auto«. – »Das ist ein Wagen, mit dem wir gleich fahren werden«, sagt Petja. Und wir nahmen in dem Auto Platz. Petja und ich setzten uns ans Steuer, den Kleinen setzten wir auf einen der Scheinwerfer, aber den Langen, den Esel und das Boot bringen wir in dem Auto einfach nicht unter. Legten wir das Boot auf das Auto, setzten den Esel ins Boot, wäre alles gut, nur für den Langen wäre kein Platz. Setzten wir ihn in das Boot, wäre für den Esel kein Platz. Setzten wir den Esel und den Langen ins Auto, wäre kein Platz für das Boot.
Wir waren völlig ratlos, wußten nicht, wie weiter. Da gab uns der Kleine den Rat: »Der Lange setzt sich ins Auto, nimmt den Esel auf die Knie und hält das Boot über dem Kopf.« Wir setzten den Langen ins Auto, setzten ihm den Esel auf den Schoß und gaben ihm das Boot zum Halten. »Ist es nicht zu schwer?« fragte ihn der Kleine. »Nein, es geht«, sagt der Lange. Ich ließ den Motor an, und wir fuhren los. Alles ist schön, nur der

Kleine auf dem Scheinwerfer hat es nicht bequem, es rüttelt und schüttelt ihn wie ein Stehaufmännchen. Die anderen haben es schön. So fahren wir und pfeifen ein Lied.

Achtens kommen wir in eine Stadt. Wir fuhren die Straßen entlang. Die Leute schauen uns an, zeigen mit den Fingern auf uns: »Was ist denn das«, sagen sie, »da in dem Auto sitzt eine Bohnenstange, mit einem Esel auf dem Schoß und einem Boot in den Händen. Ha, ha, ha! Und vorn auf dem Scheinwerfer sitzt noch einer. So groß wie ein Eimer! Und wie es ihn rüttelt und schüttelt! Ha! Ha! Ha!« Wir aber fuhren direkt zum Hotel, legten das Boot ab, stellten das Auto unter, banden den Esel an einen Baum und riefen nach dem Hoteldirektor. Er kam zu uns heraus und sagt: »Sie wünschen?« – »Ja nun«, sagen wir zu ihm, »können wir nicht bei Ihnen übernachten?« – »Doch«, sagt der Direktor und führt uns in ein Zimmer mit vier Betten. Ich und Petja legten uns hin, aber der Lange und der Kleine wußten nicht, wie sie sich legen sollten. Für den Langen waren alle Betten zu kurz, und der Kleine hatte nichts, wohin er seinen Kopf hätte legen können. Das Kopfkissen war höher als er selbst, so daß er sich nur im Stehen an das Kopfkissen anlehnen konnte. Aber da wir alle sehr müde waren, legten wir uns alle irgendwie hin und schliefen ein. Der Lange legte sich einfach auf den Fußboden, der Kleine kroch ganz auf ein Kopfkissen, und so schlief er ein.

Neuntens wachten wir am nächsten Morgen auf und beschlossen, unsere Reise fortzusetzen. Da sagt der Kleine auf einmal: »Wißt ihr was? Warum sollen wir eigentlich dieses Boot weiter mitschleppen und das Auto. Gehen wir lieber zu Fuß.« – »Zu Fuß gehe ich nicht«, sagte der

Lange, »zu Fuß wird man so schnell müde.« – »Du lange Latte und müde werden?« lachte der Kleine. »Natürlich werde ich müde«, sagte der Lange, »wenn ich ein Pferd fände, das wäre gut.« »Was willst denn du mit einem Pferd?« mischte sich Petja ein. »Du brauchst kein Pferd, sondern einen Elefanten.« – »Aber Elefanten sind hier zu kriegen«, sagte ich, »wir sind hier nicht in Afrika.« Kaum hatte ich das gesagt, da hören wir von der Straße Lärm, Gebell und Geschrei. Wir schauten zum Fenster hinaus und sehen – die Straße herauf kommt ein Elefant, und hinter ihm drängen sich die Leute. Und um die Elefantenfüße herum wuselt ein kleines Hündchen und bellt aus Leibeskräften, aber der Elefant geht in alle Ruhe und beachtet niemanden. »Da«, sagt der Kleine zu dem Langen, »da hast du deinen Elefanten. Setz dich drauf und reite ihn.« – »Und du setz dich auf das Hündchen. Es paßt für dich genau«, sagte der Lange. »Stimmt«, sage ich, »der Lange reitet auf dem Elefanten, der Kleine auf dem Hündchen, und Petja und ich auf dem Esel.« Und wir liefen auf die Straße hinunter.

Zehntens kamen wir auf die Straße. Petja und ich setzten uns auf den Esel, der Kleine blieb an der Hoteltür stehen, der Lange lief dem Elefanten nach. Er holte den Elefanten ein, sprang auf und kehrte zu uns zurück. Das Hündchen läßt nicht von dem Elefanten ab und kommt ebenfalls zu uns. Kaum war es an der Hoteltür angelangt, duckte sich der Kleine zum Sprung – und sprang auf das Hündchen. So ritten wir die Straße entlang. Voran der Lange auf dem Elefanten, hinter ihm Petja und ich auf dem Esel, und zum Schluß der Kleine auf dem Hündchen. Und alle haben wir es schön und pfeifen ein Lied.

Wir ritten zur Stadt hinaus, ritten weiter und ritten, aber wo wir ankamen und was für Abenteuer wir noch erlebten, – das erzählen wir euch ein andermal.

1929

DIE ALTE FRAU, DIE TINTE KAUFEN WOLLTE

In der Kosobokaja Straße Haus Nr. 17 wohnte eine alte Frau.
Früher hatte sie einen Mann und auch einen Sohn. Aber der Sohn war inzwischen groß und weggezogen, der Mann war gestorben, so lebte die alte Frau nun allein.
Sie lebte still und in Frieden, trank Tee, schrieb Briefe an ihren Sohn, und das war alles, was sie tat.
Die Leute sagten von der alten Frau immer, sie sei vom Mond gefallen.
Kommt die alte Frau einmal im Sommer auf den Hof, schaut und sagt:
– Du lieber Gott, wo ist denn der Schnee hin?
Die Nachbarn lachen und rufen ihr zu:
– Hat man das schon gesehen, daß im Sommer Schnee liegt? Du bist wohl vom Mond gefallen, Oma?
Kommt die alte Frau ein andermal in eine Petroleumhandlung und fragt:
– Wieviel kosten bei Ihnen die Brötchen?
Die Verkäufer lachen:
– Wie denn, Bürgerin, seit wann gibts bei uns Brötchen? Sie sind ja wohl vom Mond gefallen!
So war das mit der alten Frau!
Einmal war schönes Wetter, Sonne, kein Wölkchen am Himmel. In der Kosobokaja Straße wirbelte der Staub auf. Die Hausmeister kamen, um aus dicken Wasserschläuchen mit Messinganschlüssen die Straße zu spritten. Sie spritzten das Wasser direkt in den Staub, mitten hinein, in hohem Bogen. Der Staub senkt sich mit dem Wasser zusammen auf die Straße. Schon laufen die Pferde durch die Pfützen, und der Wind fliegt weiter, nun vom Staube befreit.

Aus dem Tor des Hauses Nr. 17 kommt die alte Frau. In der Hand hat sie einen Schirm mit einem großen glitzernden Griff, und auf dem Kopf ein Hütchen mit schwarzen Pailletten.

– Sagen Sie, – ruft sie dem Hausmeister zu, – wo gibt es wohl Tinte zu kaufen?

– Was? – ruft der Hausmeister.

Die alte Frau kommt näher.

– Tinte! – ruft sie.

– Achtung! Zur Seite! – ruft der Hausmeister und läßt den Wasserstrahl schießen.

Die alte Frau geht nach links – und auch der Wasserstrahl nach links.

Die alte Frau schnell nach rechts, und der Wasserstrahl ihr nach.

– Was ist denn! – ruft der Hausmeister, – du bist wohl vom Mond gefallen, du siehst doch, ich spritze grade die Straße.

Die alte Frau winkte nur mit dem Schirm ab und ging weiter.

Kommt die alte Frau auf den Markt, sie schaut: da steht ein junger Mann und hält einen großen saftigen Zander feil, lang wie ein Arm und dick wie ein Bein. Er wog den Fisch in beiden Händen, nahm ihn dann mit einer Hand bei den Kiemen, schwenkte ihn, schwenkte ihn hin und her und ließ los, ließ ihn aber nicht fallen, sondern fing ihn geschickt mit der anderen Hand am Schwanz auf und hielt ihn der alten Frau unter die Nase.

– Da, – sagt er, – ein Rubel, und er ist Ihnen.

– Nein, – sagt die alte Frau, – ich brauche Tinte...

Aber der Junge ließ sie nicht einmal ausreden.

– Nehmen Sie, – sagt er, – ich verlange nicht zu viel.

– Nein, – sagt die alte Frau, – ich brauche...

Und er wieder:

– Nehmen Sie ihn, – sagt er, – der Fisch wiegt fünfeinhalb Pfund, – und nahm den Fisch, als sei er ihn zu schwer, in die andere Hand.
– Nein, – sagte die alte Frau, – ich brauche Tinte.
Endlich hatte der Junge gehört, was die alte Frau zu ihm sagte.
– Tinte? – fragte er nach.
– Ja, Tinte.
– Tinte?
– Tinte.
– Und Fisch brauchen Sie keinen?
– Nein.
– Also Tinte?
– Ja.
– Was soll denn das, Sie sind ja wohl vom Mond gefallen! – sagte der junge Mann.
– Sie haben also keine Tinte, – sagte die alte Frau und ging weiter.
– Frisches Fleisch, frisches Fleisch! – ruft der alten Frau ein dicker Metzger zu, während er mit einem Messer Leber in Stücke schneidet.
– Haben Sie keine Tinte? – fragte die alte Frau.
– Tinte! – brüllte der Metzger los, während er ein ganzes Schwein am Bein packte.
Die alte Frau ging schnell von dem Metzger fort, er war ihr zu dick und zu wild, als ihr eine Marktfrau zuruft:
– Kommen Sie bitte! Kommen Sie bitte!
Die alte Frau trat an ihren Stand und setzte die Brille auf.
Die Marktfrau lächelt und hält ihr ein Glas Backpflaumen entgegen.
– Nehmen Sie, – sagt sie, solche wie die finden Sie nirgendwo.
Die alte Frau nahm ein Glas Erdbeeren, drehte es in den Händen und stellte es zurück.

– Ich brauche Tinte, keine Erdbeeren, – sagt sie.
– Was für welche: rote oder schwarze? – fragt die Marktfrau.
– Schwarze, – sagt die alte Frau.
– Schwarze habe ich keine, – sagt die Marktfrau.
– Na, dann rote, – sagte die alte Frau.
– Rote habe ich auch keine, – sagte die Marktfrau.
– Auf Wiedersehen, – sagte die alte Frau und ging.
Da ist der Markt auch schon zu Ende, aber von Tinte keine Spur.
Die alte Frau verließ also den Markt und ging eine Straße entlang.
Plötzlich schaut sie und sieht: da kommen mit langsamem Schritt, einer nach dem andern, im Gänsemarsch fünfzehn Esel. Auf dem ersten Esel reitet ein Mann und hält eine riesengroße Fahne in der Hand. Auch auf den anderen Eseln sitzen Menschen, und auch sie halten irgendwelche Schilder in den Händen.
»Was ist denn das?« – denkt die alte Frau. – »Reitet man heute auf Eseln wie man Trambahn fährt?« – He! – rief sie dem Mann zu, der auf dem ersten Esel saß. Warten Sie einen Moment. Sag mir, wo gibt es hier Tinte zu kaufen?
Aber der Mann hörte offenbar nicht, was die alte Frau zu ihm gesagt hatte, sondern hob eine merkwürdige Trompete hoch, am einen Ende eng, am andern Ende weit offen wie ein Trichter. Das enge Ende setzte er an den Mund und trompetete der alten Frau direkt ins Gesicht, aber so, daß man es sieben Werst weit hören konnte:

BESUCHEN SIE DAS GASTSPIEL DUROVS!
IM STAATSZIRKUS! IM STAATSZIRKUS!
DIE SEELÖWEN – DIE LIEBLINGE DES PUBLIKUMS!
LETZTE WOCHE!
EINTRITTSKARTEN AN DER ABENDKASSE!

Die alte Frau ließ vor Schreck sogar den Schirm fallen. Sie hob den Schirm auf, doch ihr zitterten vor Angst die Hände dermaßen, daß der Schirm wieder hinfiel.
Die alte Frau hob den Schirm auf, nahm ihn diesmal fester in die Hand und lief und lief, so schnell sie konnte, die Straße hinunter, bog auf dem Bürgersteig in eine andere ein und kam auf eine dritte breite und sehr laute Straße.
Alle haben es hier eilig, und auf der Straße fahren Autos und dröhnen die Straßenbahnen.
Die alte Frau wollte eben hinüber auf die andere Straßenseite, auf einmal:
– Tarar-ararar-arar-rrrrr! – brüllte da ein Auto.
Die alte Frau ließ es vorüber, setzte nur eben einen Fuß auf die Straße, da hörte sie:
– He, Achtung! – schreit ein Kutscher ihr zu.
Die alte Frau ließ ihn vorüber, und dann rasch auf die andere Straßenseite. Bis zur Mitte war sie gekommen, da:
– Dscheng-dscheng! Ding-ding-ding! – fährt die Straßenbahn vorbei.
Die alte Frau will zurück, aber hinter ihr:
– Prr-prr-prr-prr! – faucht ein Motorrad.
Die alte Frau war außer sich vor Angst, aber zum Glück fand sich da ein guter Mensch, der sie beim Arm nahm und sagte:
– Was machen Sie denn, – sagt er, – Sie sind wohl vom Mond gefallen! Sie können doch überfahren werden.
Und er brachte die alte Frau wohlbehalten auf die andere Straßenseite.
Die alte Frau verschnaufte und wollte den guten Menschen eben nach Tinte fragen, schaute auf, da war er aber schon spurlos verschwunden.
So ging die alte Frau weiter, stützt sich auf den Schirm, schaut nach links und nach rechts, wen sie wohl nach

Tinte fragen könnte. Da kommt ihr ein kleiner alter Mann mit einem Spazierstock entgegen. Selbst schon ganz alt und grau. Die alte Frau tritt auf ihn zu und sagt:
– Sie sind doch auch von früher, wie man sieht, wissen Sie nicht, wo es Tinte zu kaufen gibt?
Der Alte blieb stehen, hob den Kopf, zwinkerte mit seinen Runzeln und Fältchen und überlegte. So stand er eine Weile, dann griff er in die Tasche und holte Tabaksbeutel, Zigarettenpapier und Zigarettenspitze hervor. Dann drehte er sich langsam eine Zigarette und steckte, nachdem er sie in die Zigarettenspitze geschoben hatte, Tabaksbeutel und Zigarettenpapier wieder weg und holte die Streichhölzer hervor. Dann rauchte er die Zigarette an, und nachdem er die Streichhölzer weggesteckt hatte, mümmelte er mit zahnlosem Mund:
– Schinsche gisch esch im Kauschausch.
Die alte Frau verstand kein Wort, und der alte Mann ging weiter.
Die alte Frau überlegte.
Wieso kann ihr nur niemand vernünftig sagen, wo es Tinte zu kaufen gibt.
Haben sie noch nie etwas von Tinte gehört?
Und so beschloß die alte Frau, in ein Kaufhaus zu gehen und dort nach Tinte zu fragen. Dort würde man es schon wissen. Und sie steht ja auch direkt vor einem Kaufhaus. Große Fenster, über die ganze Wand. Und in den Fenstern liegen lauter Bücher.
»Ja, – denkt die alte Frau, – hier gehe ich hinein. Hier gibt es bestimmt Tinte, wenn da schon Bücher liegen. Bücher schreibt man ja mit Tinte.«
Sie ging also zur Tür, die Tür ganz aus Glas und irgendwie sonderbar. Die alte Frau stößt die Tür auf, und plötzlich bekommt sie selbst von hinten einen Stoß. Sie schaut sich um und sieht – eine andere Glastür fährt auf sie zu.

Die alte Frau geht vorwärts, und die Tür ihr nach. Alles ringsum ist aus Glas, und alles dreht sich. Der alten Frau wird schwindlig, sie geht und geht und weiß selbst nicht, wohin. Und ringsum lauter Türen, Türen, alle drehen sich und stoßen die alte Frau vorwärts.

So tappt und tappt die alte Frau im Kreise, bis sie sich endlich gewaltsam losreißt, zum Glück ist sie noch am Leben.

Die alte Frau schaut – geradeaus steht eine große Uhr, und eine Treppe führt nach oben. Neben der Uhr steht ein Mann. Auf ihn tritt die alte Frau zu und sagt:

– Wo kann ich hier nach Tinte fragen?

Aber der wandte ihr nicht einmal den Kopf zu, sondern zeigte nur auf ein Türchen, ein kleines, vergittertes.

Die alte Frau öffnet das Türchen, tritt ein und sieht: ein Zimmer, winzig, nicht größer als ein Schrank. Und in dem Zimmerchen steht ein Mann. Die alte Frau wollte ihn eben nach Tinte fragen...

Da plötzlich: Dsing! Dschschinn! geht der Fußboden mit ihr in die Höhe.

Die alte Frau steht, wagt nicht sich zu rühren, und auf die Brust legt es sich schwer wie ein Stein. Sie steht und kann kaum atmen. An dem Türchen vorbei flitzen Beine und Arme und Köpfe, und ringsum summt es wie eine Nähmaschine. Dann hörte das Summen auf, das Atmen wurde leichter. Jemand öffnete das Türchen und sagt:

– Bittesehr, wir sind da, sechster Stock, höher geht es nicht.

Die alte Frau ging wie im Traum irgendwohin, weiter hinauf, wohin man sie verwiesen hatte, das Türchen hinter ihr klappte zu, und das Schrank-Zimmerchen fuhr wieder nach unten.

Da steht die alte Frau, hält den Schirm fest in der Hand und kann und kann kaum verschnaufen. Sie steht auf der Treppe, Leute laufen an ihr vorbei, Türen schlagen, und die alte Frau steht da und hält ihren Schirm fest.

So stand sie, sah, was um sie her geschah, und ging dann durch eine Tür.

Sie kam in ein großes, helles Zimmer. Sie schaut – in dem Zimmer lauter kleine Tische, und an den Tischen sitzen Leute. Die einen, die Nase in Papier vergraben, schreiben irgend etwas, die anderen hämmern auf Schreibmaschinen herum. Ein Lärm wie in der Schmiede, nur einer Spielzeugschmiede.

Rechts an der Wand steht ein Sofa, auf dem Sofa sitzen ein dicker Mann und ein dünner. Der Dicke erzählt dem Dünnen etwas und reibt sich die Hände, der Dünne sitzt ganz zusammengekauert und schaut den Dicken durch seine randlose Brille an und bindet sich den Schuh zu.

– Ja, – sagt der Dicke, – ich habe eine Geschichte über einen Jungen geschrieben, der einen Frosch verschluckt hat. Eine sehr spannende Geschichte.

– Und mir, sehen Sie, fällt nie etwas ein, worüber ich schreiben könnte, – sagte der Dünne, indem er den Schnürsenkel durch die Öse führte.

– Meine Geschichte ist sehr spannend, – sagte der dicke Mann. – Kommt dieser Junge also nach Hause, der Vater fragt, wo er war, und der Frosch antwortet aus dem Bauch: Quak-quak! Oder in der Schule: der Lehrer fragt den Jungen, was auf deutsch »Guten Morgen« heißt, der Frosch antwortet: Quak-quak! Der Lehrer schimpft, und der Frosch: Quak-quak-quak! Eine sehr komische Geschichte, – sagte der Dicke und rieb sich die Hände.

– Haben Sie auch etwas geschrieben? – fragte er die alte Frau.

– Nein, – sagte die alte Frau. – Mir ist die Tinte ausgegangen. Ich hatte ein Tintenfaß, noch von meinem Sohn, aber jetzt ist es leer.

– Ach, Ihr Sohn ist auch Schriftsteller? – fragte der Dicke weiter.
– Nein, – sagte die alte Frau, – er ist Förster. Er wohnt nicht mehr bei mir. Früher habe ich mir immer bei meinem Mann Tinte geholt, aber er ist gestorben, und ich bin allein. Kann ich hier bei Ihnen keine Tinte kaufen? – sagte die alte Frau plötzlich.
Der Dünne hatte seinen Schuh zugebunden und musterte die alte Frau durch die Brille.
– Was für Tinte? – wunderte er sich.
– Tinte, zum Schreiben, – erklärte die alte Frau.
– Aber hier gibt es doch keine Tinte zu kaufen, – sagte der Dicke und hörte auf, sich die Hände zu reiben.
– Wie sind Sie hier hergekommen? – fragte der Dünne und stand vom Sofa auf.
– Ich bin in dem Schrank gefahren, – sagte die alte Frau.
– In was für einem Schrank? – fragten der Dicke und der Dünne wie aus einem Munde.
– In dem, der hier die Treppe rauf und runter fährt, – sagte die alte Frau.
– Ach, im Lift! – lachte der Dünne, setzte sich wieder aufs Sofa, denn jetzt war sein anderer Schuh aufgegangen.
– Und weshalb sind Sie hier hergekommen? – fragte der Dicke die alte Frau.
– Ich habe nirgends Tinte bekommen können, – sagte die alte Frau, – jeden habe ich gefragt, niemand hat gewußt, wo es welche gibt. Und hier, sehe ich, liegen Bücher, da bin ich hineingegangen, Bücher werden ja mit Tinte geschrieben!
– Ha-ha-ha! – lachte der Dicke los. – Sie sind ja wohl vom Mond gefallen!
– He, hören Sie! – sprang plötzlich der dünne Mann vom Sofa auf. Den Schuh hatte er nicht zugebunden, die Schnürsenkel baumelten auf den Fußboden.

– Hören Sie, – sagte er zu dem Dicken, – ich habs! ich schreibe über eine alte Frau, die Tinte kaufen wollte.
– Genau, – sagte der Dicke und rieb sich die Hände.
Der dünne Mann nahm die Brille ab, hauchte die Gläser an, rieb sie mit dem Taschentuch blank, setzte sie sich wieder auf die Nase und sagte zu der alten Frau:
– Erzählen Sie uns, wie Sie Tinte kaufen wollten, und wir schreiben über Sie ein Buch und geben Ihnen Tinte.
Die alte Frau überlegte und war einverstanden.
Und so schrieb der dünne Mann das Buch:

DIE ALTE FRAU, DIE TINTE KAUFEN WOLLTE.

DIE REISE NACH BRASILIEN

ODER

WIE KOLJA NACH BRASILIEN FLOG UND PETJA IHM NICHTS GLAUBEN WOLLTE

1

Kolja Pankin hatte beschlossen, irgendwohin weit weg zu fahren.

– Ich fahre nach Brasilien, – sagte er zu Petja Eršov.

– Und wo liegt dieses Brasilien? – fragte Petja.

– Brasilien liegt in Südamerika, – sagte Kolja. – Dort ist es sehr heiß, dort gibt es Affen und Papageien, dort wachsen Palmen, fliegen Kolibris, dort gibt es Raubtiere und wilde Stämme.

– Indianer? – fragte Petja.

– So ähnlich wie Indianer, – sagte Kolja.

– Und wie kommt man dorthin? – fragte Petja.

– Mit dem Flugzeug oder mit dem Dampfer, – sagte Kolja.

– Und wie kommst du dorthin? – fragte Petja.

– Ich fliege mit dem Flugzeug, – sagte Kolja.

– Und wo nimmst du das her? – fragte Petja.

– Ich gehe auf den Flugplatz, sage bitte, und dann geben sie mir eins, – sagte Kolja.

– Wer gibt dir eins? – fragte Petja.

– Ich habe dort Bekannte, – sagte Kolja.

– Was für Bekannte? – fragte Petja.

– Verschiedene, – sagte Kolja.

– Du hast dort überhaupt keine Bekannten, – sagte Petja.

– Doch, ich habe, – sagte Kolja.

– Nein, du hast keine, – sagte Petja.

– Doch! – sagte Kolja.

– Nein! – sagte Petja.

– Doch!

– Nein!
– Doch!
– Nein!
Kolja und Petja beschlossen, am nächsten Morgen auf den Flugplatz zu gehen.

2

Am andern Tag standen Kolja und Petja früh am Morgen auf und gingen hinaus. Zum Flugplatz war es weit zu gehen, aber weil schönes Wetter war und sie für die Straßenbahn kein Geld hatten, gingen Kolja und Petja zu Fuß.
– Ich fahre ganz bestimmt nach Brasilien, – sagte Kolja.
– Schreibst du mir auch einen Brief? – fragte Petja.
– Ja, – sagte Kolja, – und wenn ich wiederkomme, bringe ich dir einen Affen mit.
– Auch einen Vogel? – fragte Petja.
– Auch einen Vogel, – sagte Kolja, – was für einen willst du, einen Papagei oder einen Kolibri?
– Welcher ist schöner? – fragte Petja.
– Ein Papagei, der kann sprechen, – sagte Kolja.
– Kann er auch singen? – fragte Petja.
– Singen kann er auch, – sagte Kolja.
– Nach Noten? – fragte Petja.
– Nach Noten nicht. Aber wenn du ihm was vorsingst, singt er es nach, – sagte Kolja.
– Und bringst du mir ganz bestimmt einen mit? – fragte Petja.
– Ganz bestimmt, – sagte Kolja.
– Und wenn nicht? – fragte Petja.
– Wenn ich gesagt habe, ich bringe dir einen mit, dann bringe ich dir auch einen mit, – sagte Kolja.
– Du bringst mir doch keinen mit, – sagte Petja.
– Ich bringe dir einen mit, – sagte Kolja.

– Nein, – sagte Petja.
– Doch, – sagte Kolja.
– Nein!
– Doch!
– Nein!
– Doch!
– Nein!
Doch hier waren Kolja und Petja am Flugplatz angekommen.

3

Auf dem Flugplatz war es sehr spannend. Die Flugzeuge rollten eines nach dem anderen über den Boden, dann waren sie – eins, zwei, drei – in der Luft, zuerst niedrig, dann höher, dann noch höher, und dann, nach einer Schleife, flogen sie ganz weg. Am Boden standen noch acht Flugzeuge, ebenfalls startbereit. Kolja suchte sich eins aus, zeigte es Petja mit dem Finger und sagte:
– Mit diesem Flugzeug fliege ich nach Brasilien.
Petja nahm die Mütze ab, kratzte sich am Kopf. Setzte die Mütze wieder auf und fragte:
– Ob sie es dir auch geben?
– Sie geben es mir, – sagte Kolja, – ich kenne den Piloten dort.
– Du kennst ihn? Wie heißt er denn? – fragte Petja.
– Ganz einfach, Pavel Ivanovič, – sagte Kolja.
– Pavel Ivanovič? – fragte Petja nach.
– Ja doch, – sagte Kolja.
– Und du gehst ihn fragen? – fragte Petja.
– Natürlich. Komm doch mit, dann wirst du es ja hören, – sagte Kolja.
– Und wenn er dir das Flugzeug nicht gibt? – fragte Petja.
– Wie: Wenn er mir das Flugzeug nicht gibt? Ich bitte ihn darum, dann gibt er es mir auch, – sagte Kolja.

– Und wenn du ihn nicht darum bittest? – fragte Petja.
– Ich bitte ihn aber darum, – sagte Kolja.
– Du traust dich ja doch nicht, – sagte Petja.
– Doch, ich traue mich, – sagte Kolja.
– Du hast ja Angst, – sagte Petja.
– Nein, ich habe keine Angst, – sagte Kolja.
– Doch, du hast! – sagte Petja.
– Nein! – sagte Kolja.
– Doch!
– Nein!
– Doch!
– Nein!
Kolja und Petja rannten zu dem Piloten.

4
Der Pilot stand bei seinem Flugzeug und wusch in einem kleinen Behälter mit Benzin irgendwelche Schrauben. Selbst war er ganz in Leder gekleidet, und neben ihm auf der Erde lagen seine Lederhandschuhe und ein lederner Sturzhelm.
Kolja und Petja traten auf ihn zu.
Der Pilot fischte die Schrauben aus dem Benzin, legte sie auf den Rand der Tragfläche, warf andere Schrauben in das Benzin und begann, sie zu waschen.
Kolja schaute hin und schaute hin, dann sagte er:
– Tag, Pavel Ivanovič!
Der Pilot sah zuerst Kolja an, dann Petja, dann drehte er sich wieder um. Kolja stand ein Weilchen da, stand da, und dann sagte er wieder:
– Tag, Pavel Ivanovič!
Der Pilot sah zuerst Petja an, dann Kolja, dann sagte er, wobei er sich mit dem linken Schuh am rechten Bein kratzte:
– Ich heiße nicht Pavel Ivanovič, sondern Konstantin

Konstantinovič, einen Pavel Ivanovič kenne ich nicht.

Petja prustete vor Lachen in die Faust, Kolja gab Petja einen Rippenstoß, Petja machte ein ernstes Gesicht, und Kolja sagte zu dem Piloten:

– Konstantin Konstantinovič, Petja und ich wollen nach Brasilien fliegen, können Sie uns nicht Ihr Flugzeug geben?

Der Pilot brach in schallendes Gelächter aus:

– Ha-ha-ha-ha-ha-ha! Ihr wollt im Ernst nach Brasilien?

– Ja, – sagte Kolja.

– Und Sie fliegen mit uns? – fragte Petja.

– Und ihr habt euch gedacht, – rief der Pilot, – daß ich euch einfach die Maschine gebe? Nein, ihr Witzbolde. Wenn ihr es mir bezahlt, dann kann ich euch nach Brasilien fliegen. Aber was zahlt ihr dafür?

Kolja kramte in den Hosentaschen, fand aber nichts.

– Geld haben wir keins, – sagte er zu dem Piloten, – aber vielleicht fliegen Sie uns umsonst?

– Nein, umsonst nicht, – sagte der Pilot, drehte sich um und machte sich jetzt an seinem Flugzeug zu schaffen.

Plötzlich winkte Kolja aufgeregt und rief:

– Konstantin Konstantinovič! Wollen Sie mein Taschenmesser dafür? Ein gutes Messer, mit drei Klingen! Zwei sind zwar schon abgebrochen, aber die dritte ist dafür noch ganz und sehr scharf. Ich habe damit mal auf eine Tür geworfen, und da hat die Spitze auf der anderen Seite rausgeguckt.

– Wann soll das gewesen sein? – fragte Petja.

– Was gehts dich an? Im Winter! – erboste sich Kolja.

– Und was für eine Tür war das? – fragte Petja.

– Na die von der Speisekammer, – sagte Kolja.

– Aber die ist doch ganz, – sagte Petja.

– Weil wir eben eine neue Tür einsetzen lassen mußten, – sagte Kolja.

– Nein, das ist keine neue, das ist die alte, – sagte Petja.
– Nein, sie ist neu, – sagte Kolja.
– Und gib mir mein Messer wieder, – sagte Petja, – das da ist mein Messer, ich habe es dir nur geliehen, damit du die Wäscheleine durchschneiden konntest, und du hast es für immer behalten.
– Wieso dein Messer? Das ist mein Messer, – sagte Kolja.
– Nein, es ist meins, – sagte Petja.
– Nein, meins, – sagte Kolja.
– Nein, meins, – sagte Petja.
– Nein, meins.
– Nein, meins.
– Also gut, zum Teufel, – sagte der Pilot, – steigt ein, Kinder, wir fliegen nach Brasilien.

5

Kolja und Petja flogen im Flugzeug nach Brasilien. Es war wahnsinnig spannend. Der Pilot saß auf dem Vordersitz, nur sein Helm war zu sehen. Alles war sehr schön, nur der Motor ging ein bißchen laut, man konnte sich kaum verstehen. Und wenn man vom Flugzeug auf die Erde hinunterschaute, huch, dann war man so hoch – daß einem die Luft wegblieb! Und unten auf der Erde alles winzig klein, und irgendwie schräg.
– Petja! – ruft Kolja. – Schau mal, die Stadt, wie klein!
– Waaas? – ruft Petja.
– Die Staaadt! – ruft Kolja.
– Ich hööre niichts! – ruft Petja.
– Waaas? – ruft Kolja.
– Sind wir bald in Bra-si-li-en? – ruft Petja.
– Was, Vasilij kenne ich keinen! – ruft Kolja.
– Meine Mütze ist weggeflogen! – ruft Petja.
– Wieviel? – ruft Kolja.
– Gestern! – ruft Petja.

– Nordameeerikaaa! – ruft Kolja.
– Waaas? – ruft Petja.
Plötzlich wurde es dumpf und taub in den Ohren, das Flugzeug setzte zur Landung an.

6

Das Flugzeug holperte über den Boden und blieb dann ganz stehen.
– Wir sind da, – sagte der Pilot.
Kolja und Petja sahen sich um.
– Petja, – sagte Kolja, – jetzt schau es dir genau an, dieses Brasilien.
– Und ist das Brasilien? – fragte Petja.
– Siehst du es denn nicht selber, Esel! – sagte Kolja.
– Und was kommen da für Menschen? – fragte Petja.
– Wo? Ah ja, ich sehe sie, – sagte Kolja. – Das sind die Eingeborenen, die Wilden. Siehst du, sie haben ganz weiße Köpfe. Sie haben sich aus Heu und Stroh einen Kopfschmuck gemacht.
– Warum? – fragte Petja.
– Einfach so, – sagte Kolja.
– Ich glaube, sie haben solche Haare, – sagte Petja.
– Und ich sage dir, es sind Federn, – sagte Kolja.
– Nein, Haare! – sagte Petja.
– Nein, Federn! – sagte Kolja.
– Haare! – sagte Petja.
– Federn! – sagte Kolja.
– Haare!
– Federn!
– Haare!
– Federn!
– Also jetzt aussteigen, Kinder, – sagte der Pilot. – Ich muß weiter.

7

Kolja und Petja kletterten aus dem Flugzeug und gingen den Eingeborenen entgegen. Die Eingeborenen waren kleingewachsen, schmutzig und hatten semmelblonde Haare. Als sie Kolja und Petja sahen, blieben die Eingeborenen stehen. Kolja tat einen Schritt vorwärts, hob die rechte Hand und sagte:

– Oah! – sagte er auf Indianersprache zu ihnen.

Die Eingeborenen sperrten die Münder auf und standen schweigend da.

– Habakuk! – sagte Kolja auf Indianersprache zu den Eingeborenen.

– Was sagst du da? – fragte Petja.

– Ich rede in Indianersprache mit ihnen, – sagte Kolja.

– Und woher kannst du die Indianersprache? – fragte Petja.

– Ich hatte mal ein Buch, aus dem habe ich sie gelernt, – sagte Kolja.

– Hör auf zu lügen, – sagte Petja.

– Laß mich in Ruhe, – sagte Kolja. – Inam kos! – sagte er auf Indianersprache zu den Eingeborenen.

Plötzlich brachen die Eingeborenen in Lachen aus.

– Kerek eri jale, – sagten die Eingeborenen.

– Ara toki, – sagte Kolja.

– Mita? – fragten die Eingeborenen.

– Komm, gehen wir weiter, – sagte Petja.

– Pilgedrao! – rief Kolja.

– Perkilja! – riefen die Eingeborenen.

– Kulmegunki! – rief Kolja.

– Perkilja, perkilja! – riefen die Eingeborenen.

– Rennen wir weg, – rief Petja. – Die wollen uns verprügeln.

Aber es war schon zu spät. Die Eingeborenen stürzten sich auf Kolja und begannen, auf ihn einzuschlagen.

– Hilfe! – rief Kolja.
– Perkilja! – riefen die Eingeborenen.
– »Mmuuuh«, – muhte eine Kuh.

8

Nachdem die Eingeborenen Kolja ordentlich verdroschen hatten, liefen sie davon. Aus einer Staubwolke erhob sich Kolja, ziemlich zerzaust und zerknittert.
– Pe-pe-pe-pe-pet-ja, – sagte er mit bebender Stimme. – De-de-de-nen ha-ha-ha-be ichs a-a-a-a-aber ge-ge-ge-ge-ge-ben, den Eingebo-bo-bo-bo-re-nen.
– Haben die nicht dich verdroschen? – fragte Petja.
– Wie kommst du denn darauf? – sagte Kolja. – Die habe ich, einen nach dem anderen, eins-zwei, eins-zwei, eins-zwei.
– »Mmuuuh«, – muhte es ganz dicht an Koljas Ohr.
– Hilfeee! – schrie Kolja auf und rannte davon.
– Kolja! Kooolja! – rief Petja.
Aber Kolja rannte, ohne sich umzudrehen. Und so rannten sie, rannten und rannten
rannten und rannten
rannten und rannten
und erst, als sie am Waldrand standen, blieb Kolja stehn.
– Uff! – sagte er Atem holend.
Petja war so außer Puste, daß er nichts sagen konnte.
– Auch noch ein Bison! – sagte Kolja schnaufend.
– Hm? – fragte Petja.
– Hast du den Bison gesehen? – fragte Kolja.
– Wo? – fragte Petja.
– Na dort! Er wollte auf uns los, – sagte Kolja.
– Aber war das nicht eine Kuh? – fragte Petja.
– Wie kommst du denn darauf, wieso Kuh. In Brasilien gibt es keine Kühe, – sagte Kolja.
– Und haben Bisons Glocken um den Hals? – fragte Petja.

– Jawohl, – sagte Kolja.
– Und woher haben sie die? – fragte Petja.
– Von den Indianern. Die Indianer fangen immer Bisons ein, binden ihnen Glocken um den Hals und lassen sie wieder frei.
– Aber wozu? – fragte Petja.
– Einfach so, – sagte Kolja.
– Das stimmt nicht, Bisons haben keine Glocken um den Hals, das war eine Kuh, – sagte Petja.
– Nein, ein Bison! – sagte Kolja.
– Nein, eine Kuh! – sagte Petja.
– Nein, ein Bison!
– Nein, eine Kuh!
– Nein, ein Bison!
– Und wo sind eigentlich die Papageien? – fragte Petja.

9

Kolja war auf einmal ganz verdattert.
– Was für Papageien? – fragte er Petja.
– Du hast mir doch selber versprochen, mir einen Papageien zu fangen, wenn wir nach Brasilien kommen. Wenn das hier Brasilien ist, dann muß es hier auch Papageien geben, – sagte Petja.
– Papageien sehe ich keine, aber dafür sitzen dort Kolibris, – sagte Kolja.
– Auf der Kiefer dort? – fragte Petja.
– Das ist keine Kiefer, sondern eine Palme, – war Kolja beleidigt.
– Auf Bildern sehen die Palmen aber ziemlich anders aus, – sagte Petja.
– Auf Bildern vielleicht, in Brasilien sehen sie aber so aus, – erboste sich Kolja. – Schau dir lieber die Kolibris an.
– Sehen aus wie unsere Spatzen, – sagte Petja.

– Ja, – sagte Kolja, – nur, daß sie kleiner sind.
– Nein, größer, – sagte Petja.
– Nein, kleiner! – sagte Kolja.
– Nein, größer! – sagte Petja.
– Nein, kleiner! – sagte Kolja.
– Nein, größer!
– Nein, kleiner!
– Nein, größer!
– Nein, kleiner!
Plötzlich hörten Kolja und Petja hinter sich ein Geräusch.

10

Kolja und Petja drehten sich um.
Direkt auf sie zugeschossen kam irgendein Ungeheuer.
– Was ist das? – erschrak Kolja.
– Das ist ein Auto, – sagte Petja.
– Das kann nicht sein! – sagte Petja. – Woher kommen in Brasilien Autos?
– Ich sage dir, das ist ein Auto! – sagte Petja.
– Nein, das kann nicht sein, – sagte Kolja.
– Doch, das kann sein!
– Nein, kann es nicht!
– Und siehst du jetzt, daß es ein Auto ist? – fragte Petja.
– Ja, aber das ist sehr merkwürdig, – sagte Kolja.
Das Auto war jetzt ganz nah herangefahren.
– He, Kinder! – rief der Mann in dem Auto. – Nach Leningrad, muß ich da rechts oder links?
– Leningrad? Was für ein Leningrad? – fragte Kolja.
– Was heißt da »was für ein«? Na in die Stadt, wie fahre ich da? – fragte der Chauffeur.
– Das wissen wir nicht, – sagte Petja und fing plötzlich an zu schluchzen. – Bitte, lieber Mann, nimm uns mit in die Stadt.
– Ihr seid selbst aus der Stadt? – fragte der Chauffeur.

– Aber ja, – schluchzte Petja, – wir wohnen in der Mochovaja-Straße.
– Und wie kommt ihr hierher? – wunderte sich der Chauffeur.
– Na Kolja, – schluchzte Petja, – er hat mir versprochen, mich nach Brasilien mitzunehmen, und jetzt sind wir hier.
– Nach Brusilovo... Brusilovo... Wartet mal, Brusilovo, das ist noch weiter, das ist irgendwo im Kreis Černigov, – sagte der Chauffeur.
– Kreis Čiligov... Republik Chile... Chile... Das ist weiter südlich, – sagte Kolja. – Das ist dort, wo Argentinien liegt. Chile liegt an der Küste des Stillen Ozeans.
– Nimm uns mit, – schluchzte Petja wieder, – bring uns nach Hause.
– Gut, gut, in Ordnung, – sagte der Chauffeur. – Steigt ein, der Wagen ist sowieso leer. Nur, Brusilovo ist nicht hier, Brusilovo ist Kreis Černigov.
Und so fuhren Kolja und Petja im Auto nach Hause.

11

Kolja und Petja saßen zuerst schweigend in dem Auto. Dann sah Kolja Petja an und sagte:
– Petja, – sagte er, – hast du den Condor gesehen?
– Nein, – sagte Petja, – was ist das?
– Ein Vogel, – sagte Kolja.
– Ein großer? – fragte Petja.
– Ein sehr großer, – sagte Kolja.
– Größer als eine Krähe? – fragte Petja.
– Ach du! Das ist der größte Vogel, den es gibt, – sagte Kolja.
– Und ich habe ihn nicht gesehen, – sagte Petja.
– Aber ich. Er hat auf der Palme gesessen, – sagte Kolja.
– Auf welcher Palme? – fragte Petja.

– Auf der, auf der die Kolibris saßen, – sagte Kolja.
– Das war keine Palme, sondern eine Kiefer, – sagte Petja.
– Nein, eine Palme! – sagte Kolja.
– Nein, eine Kiefer! – sagte Petja. – Palmen wachsen nur in Brasilien, aber nicht hier.
– Wir waren aber in Brasilien, – sagte Kolja.
– Nein, waren wir nicht, – sagte Petja.
– Doch, waren wir, – sagte Kolja.
– Nein, waren wir nicht, – sagte Petja.
– Doch, wir waren, wir wa-ren in Bra-si-li-en! – rief Kolja.
– Da vorn ist schon Leningrad, – sagte der Chauffeur und zeigte auf die vor ihnen aufragenden Häuser und Dächer und Schornsteine.

MÄRCHEN

»So«, sagte Vanja und legte das Heft auf den Tisch, »jetzt schreiben wir ein Märchen.«
»Los«, sagte Lenočka und setzte sich auf den Stuhl.
Vanja nahm den Bleistift und schrieb:
»Es war einmal ein König...«
Da hielt Vanja inne, dachte nach und hob die Augen zur Decke. Lenočka schaute ins Heft und las, was Vanja geschrieben hatte.
»Solche Märchen gibt es schon«, sagte Lenočka.
»Und woher weißt du das?« fragte Vanja.
»Das weiß ich, weil ich es gelesen habe«, sagte Lenočka.
»Und worum geht es da?« fragte Vanja.
»Nun darum, wie der König Tee mit Äpfeln trank und sich plötzlich verschluckte, die Königin klopfte ihm auf den Rücken, damit das Apfelstückchen wieder aus dem Hals des Königs herausspringt. Doch der König dachte, die Königin sei böse mit ihm, und schlug ihr das Glas auf den Kopf. Da wurde die Königin böse und schlug den König mit dem Teller. Und der König schlug die Königin mit der Suppenschüssel. Und die Königin schlug den König mit dem Stuhl. Doch der König sprang auf und schlug die Königin mit dem Tisch. Und die Königin warf das Buffet auf den König. Aber der König kroch unter dem Buffet hervor und warf die Krone auf die Königin. Da packte die Königin den König und warf ihn zum Fenster hinaus. Aber der König kroch durch das andere Fenster ins Zimmer zurück, packte die Königin und stopfte sie in den Ofen. Aber die Königin kroch durch den Schornstein aufs Dach, ließ sich am Blitzableiter herunter. Und der König machte gerade den Ofen an, um die Königin zu verbrennen. Die Königin schlich sich von hinten an den König heran und stieß den König in den

Rücken. Der König flog in den Ofen und verbrannte.«
»Das ist das ganze Märchen«, sagte Lenočka.
»Ein sehr blödes Märchen«, sagte Vanja. »Ich wollte ein ganz anderes schreiben.«
»Na dann schreibs doch«, sagte Lenočka.
Vanja nahm den Bleistift und schrieb:
»Es war einmal ein Räuber...«
»Warte«, rief Lenočka. »So ein Märchen gibt es auch schon!«
»Ich kenne es nicht«, sagte Vanja.
»Aber kennst du denn nicht die Geschichte«, sagte Lenočka, »die von dem Räuber, der sich vor den Wächtern rettete und auf ein Pferd sprang und von dem Schwung, den er hatte, auf der andern Seite wieder runterfiel. Der Räuber rappelte sich wieder auf und sprang wieder auf das Pferd, aber wieder hatte er den Sprung nicht berechnet und fiel auf der andern Seite herunter. Der Räuber stand auf, drohte mit der Faust, sprang auf das Pferd, sprang aber wieder darüber hinweg und flog auf die Erde. Da zog der Räuber seine Pistole aus dem Gürtel, schoß damit in die Luft und sprang wieder auf das Pferd, aber mit solcher Wucht, daß er wieder drüber wegsprang und auf den Boden knallte. Da riß sich der Räuber die Mütze vom Kopf, trampelte mit den Füßen drauf herum, und wieder sprang er aufs Pferd, und wieder sprang er zu hoch, knallte auf die Erde und brach sich ein Bein. Und das Pferd trat zur Seite. Der Räuber rannte hinkend auf das Pferd zu und schlug es mit der Faust gegen die Stirn. Das Pferd rannte weg. Und da kamen die Wächter, ergriffen den Räuber und führten ihn ab in den Kerker.«
»Also, über Räuber werde ich nicht schreiben«, sagte Vanja.
»Über wen schreibst du dann?« fragte Lenočka.

»Ich schreibe ein Märchen über den Schmied«, sagte Vanja. Vanja schrieb:
»Es war einmal ein Schmied...«
»Aber so ein Märchen gibt es doch auch schon!« rief Lenočka.
»Na?« sagte Vanja und legte den Bleistift hin:
»Es geht so«, sagte Lenočka. »Es war einmal ein Schmied. Der hatte einmal ein Hufeisen auf dem Amboß und holte mit dem Hammer so weit aus, daß der Hammer vom Stiel abriß und in ein Fenster flog, vier Tauben erschlug und an die Feuerwarte stieß, dann flog er zur Seite, zerschlug ein Fenster im Hause des Brandmeisters, flog über den Tisch, an dem der Herr Brandmeister und seine Frau saßen, durchschlug die Hausmauer des Brandmeisters und flog auf die Straße. Dort riß er einen Laternenpfahl um, dem Eisverkäufer die Beine weg und schlug Karl Ivanovič Šusterling vor den Kopf, der für eine Minute seinen Hut abgenommen hatte, um sein Genick zu lüften. Nachdem der Hammer Karl Ivanovič Šusterling am Kopf getroffen hatte, flog er zurück, riß dem Eisverkäufer noch einmal die Beine weg, fegte zwei schreiende Katzen vom Dach, schmiß eine Kuh um, tötete vier Spatzen und flog zurück in die Schmiede. Dort setzte er sich direkt auf den Stiel, den der Schmied noch immer in der rechten Hand hielt. Das alles ging so schnell, daß der Schmied gar nichts bemerkt hatte und fortfuhr, sein Hufeisen zu schmieden.«
»Das heißt also, über den Schmied ist auch schon ein Märchen geschrieben, dann schreibe ich eben ein Märchen über mich selbst«, sagte Vanja und schrieb:
»Es war einmal der kleine Vanja...«
»Über Vanja gibt es auch schon ein Märchen«, sagte Lenočka.
»Es war einmal der kleine Vanja, und der kam eines Tages zu...«

»Warte«, sagte Vanja, »ich wollte ein Märchen über mich selber schreiben.«
»Auch über dich ist schon eins geschrieben«, sagte Lenočka.
»Das kann nicht sein!« sagte Vanja.
»Und ich sage dir, es gibt es«, sagte Lenočka.
»Und wo steht es?« wunderte sich Vanja.
»Hier, kauf dir den ›Čiž‹ Nr. 7, dort kannst du ein Märchen über dich selber lesen«, sagte Lenočka.
Vanja kaufte sich den ›Čiž‹ Nr. 7 und las genau die Geschichte, die ihr eben gelesen habt.

1935

ANLAGE II

VIER BRIEFE

1

Mütterchen, liebe Tamara Aleksandrovna,
ich schreibe nicht gern, wenn nichts zu schreiben ist. Nichts, gar nichts hat sich verändert, seitdem Sie weggefahren sind. Valentina Efimovna läuft dauernd zu Tamara Grigorjevna, Tamara Grigorjevna zu Valentina Efimovna, Aleksandra Grigorjevna zu Leonid Saveljevič, und Leonid Saveljevič zu Aleksandr Ivanovič. Auch kann ich rein gar nichts sagen über mich. Ich bin ein bißchen brauner geworden, ein bißchen dicker, ein bißchen hübscher, aber nicht einmal damit sind alle einverstanden. Aber vielleicht sollte ich Ihnen einen Fall beschreiben, der Leonid Saveljevič widerfahren ist. Kam doch Leonid Saveljevič einmal bei mir vorbei und traf mich nicht zu Hause an. Man hat ihm nicht einmal die Tür aufgemacht, sondern nur durch die Tür gefragt: wer da? Er fragte zuerst nach mir, dann nannte er seinen Namen, irgendwie Saveljev. Und mir wird ausgerichtet, ein Fräulein habe mich besuchen wollen, mit Namen Sevilla. Nur mit Mühe bin ich darauf gekommen, wer es in Wirklichkeit war. Ja, und vor ein paar Tagen ist noch ein Fall passiert. Leonid Saveljevič und ich gingen in den Zirkus. Wir kommen vor Beginn der Vorstellung zum Zirkus, und stellen Sie sich vor, es gibt keine einzige Karte mehr. Ich sage: kommen Sie, Leonid Saveljevič, wir gehen schwarz. Und wir gingen. Aber am Eingang hielten sie mich fest und lassen mich nicht durch, er dagegen, sehe ich, kommt ungeschoren hinein. Ich sage böse: der da hat auch keine Karte. Warum lassen Sie den rein? Und da sagt man mir: das ist unser Stehaufmännchen, der rollt bei uns in der Manege den Teppich zusammen. Er ist völlig verhärmt, wissen Sie, unser Leonid Saveljevič, und wenn er Staatsverlag nur hört, winkt er ab, er will Friseur werden. Alek-

sandr Ivanovič hat sich ein Paar Hosen gekauft, Oxford, versichert er. Tatsächlich sind sie schrecklich weit, weiter als Oxford, aber dafür sehr kurz, man sieht den Sockenbund. Aleksandr Ivanovič läßt sichs nicht verdrießen, er sagt: ich trage sie – bis sie abgetragen sind. Valentina Efimovna ist in eine andere Wohnung umgezogen. Sicher wird man sie auch da bald rausschmeißen. Tamara Grigorjevna und Aleksandra Grigorjevna sitzen dick und breit in Ihrem Zimmer; ich rate Ihnen, bleiben Sie wachsam. Übrigens sind das ganz schöne Schweine.
Das ist annähernd alles, was in Ihrer Abwesenheit vorgefallen ist. Sowie etwas Interessantes geschieht, schreibe ich ausführlich.
Wir haben alle sehr große Sehnsucht nach Ihnen. Ich habe mich schon in drei schöne Frauen verliebt, die Ähnlichkeit haben mit Ihnen. Leonid Saveljevič hat zu Hause unter sein Bett mit Buntstift geschrieben: »Tamara A. K. N.« Olejnikov hat seinen Sohn Tamara genannt. Aleksandr Ivanovič nennt alle seine Bekannten Tamasja. Val.Ef. hat Barskij einen Brief geschrieben und unterschrieben mit »T.« – entweder tua oder »Tamara«. Ob Sie es glauben oder nicht, aber sogar Boba Levin hat aus Simbirsk einen Brief geschickt, in dem er schreibt: »...wie gehts Dir, wen siehst Du so?« Offensichtlich interessiert ihn, ob ich Sie sehe. Vor ein paar Tagen traf ich Danilevič. Er strahlte förmlich und bebte, aber als er mich erkannte, wurde er plötzlich ganz hohlwangig. Ich, sagte er*, hab Sie doch für Tamaročka gehalten, jetzt sehe ich, ich habe mich getäuscht. Genauso hat er gesagt: für Tamaročka. Ich habe nichts gesagt, ich habe ihm nur nachgeschaut und leise

---

* In diesem Augenblick hat mir Tantchen die Tinte weggenommen.
Ich schreibe diesen Brief in Carskoe Selo. D. Ch.

gemurmelt: Eiszapfen! Er muß das gehört haben, denn er trat schnell auf mich zu und knallt mir, ich weiß nicht womit, auf die Backe. Ich habe sogar weinen müssen, Sie haben mir so leidgetan.
Ich kann nicht weiterschreiben mit Bleistift.

Ihr Daniil Charms
17. Juli 1931
Nadeždinskaja, 11, Whn. 8

(Schreiben Sie mir an diese Adresse in der Stadt.)

2

Liebe Tamara Aleksandrovna und Leonid Saveljevič, ich danke Ihnen für Ihren wundervollen Brief. Ich habe ihn mehrmals gelesen und auswendig gelernt. Man kann mich nachts wecken, und sofort beginne ich, ohne zu stocken: »Seien Sie gegrüßt, Daniil Ivanovič, seit Sie nicht mehr da sind, sind wir sehr traurig. Lenja hat neue...« usw. usw.

Ich habe den Brief allen meinen Bekannten in Carskoe selo vorgelesen. Allen gefällt er sehr. Gestern kam mein Freund Balnis zu mir. Er wollte bei mir übernachten. Ich habe ihm den Brief sechsmal vorgelesen. Er lächelte breit, der Brief gefiel ihm sichtlich, aber eine genaue Meinung zu äußern fand er keine Zeit mehr, denn er ging fort, ohne bei mir zu übernachten. Heute bin ich selbst zu ihm gegangen und habe ihm den Brief noch einmal vorgelesen, um ihn in seiner Erinnerung aufzufrischen. Dann fragte ich ihn nach seiner Meinung. Er aber riß von einem Stuhl ein Bein ab und jagte mich mit diesem Stuhlbein auf die Straße hinaus und sagte noch, wenn ich mit dieser Frechheit noch einmal ankäme, würde er mich an den Händen fesseln und mir Müll aus der Abfallgrube ins Maul stopfen. Das waren natürlich grobe und wenig geistreiche Worte seinerseits. Ich bin natürlich gegangen und hatte begriffen, daß er womöglich stark verschnupft und deshalb etwas unpäßlich war. Von Balnis ging ich in den Katharinenpark und fuhr Boot. In einem Boot fuhr ein sehr hübsches Mädchen. Und ganz allein. Ich wendete mein Boot (übrigens muß man beim Wenden vorsichtig rudern, weil die Ruder aus den Ruderdollen springen können) und ruderte der Schönen hinterdrein. Mir war, als sähe ich aus wie ein Norweger und als müßten meine Figur in der grauen Weste und die flatternde Krawatte Frische

und Gesundheit ausstrahlen und, wie man so sagt, nach Meer riechen. Aber an der Orlov-Säule badeten irgendwelche Rowdies, und als ich vorbeifuhr, wollte einer von ihnen quer über meine Bahn schwimmen. Da rief ein anderer: »Warte, bis diese krumme, verschwitzte Type vorbei ist!« – und zeigte mit dem Fuß auf mich. Es war mir sehr unangenehm, denn die Schöne konnte alles hören. Und da sie vor mir ruderte und man im Ruderboot bekanntlich mit dem Rücken zur Fahrtrichtung sitzt, konnte die Schöne nicht nur hören, sondern auch sehen, wie der Rowdy mit dem Fuß auf mich zeigte. Ich versuchte, den Anschein zu erwecken, als sei nicht ich gemeint, und blickte lächelnd nach links und nach rechts, aber nirgends war ein Boot in der Nähe. Da rief der Rowdy auch noch: »Was glotzt du denn! Mann, du bist gemeint! He, du, Pumpe mit Hut!«
Ich legte mich in die Ruder, was das Zeug hielt, aber die Ruder sprangen aus den Ruderdollen, und das Boot bewegte sich nur langsam vorwärts. Endlich, unter großen Mühen hatte ich die Schöne eingeholt, und wir machten uns bekannt. Sie hieß Ekaterina Pavlovna. Ihr Boot gaben wir zurück, und Ekaterina Pavlovna stieg in meines um. Sie war, wie sich herausstellte, eine sehr geistreiche Gesprächspartnerin. Ich beschloß, mit dem Geist meiner Bekannten zu glänzen, zog Ihren Brief hervor und begann zu lesen: »Seien Sie gegrüßt, Daniil Ivanovič, seit Sie nicht mehr da sind, sind wir sehr traurig. Lenja hat neue…« usw. Ekaterina Pavlovna sagte, wenn wir ans Ufer fahren würden, dann könnte ich etwas sehen. Und ich sah, wie Ekaterina Pavlovna davonlief, und aus dem Gebüsch kroch ein verdreckter Junge und sagte: »Onkel, fahr weiter.«
Heute abend ging der Brief verloren. Das kam so: ich stand auf dem Balkon, las Ihren Brief und aß Grießbrei.

In diesem Augenblick rief mich Tantchen ins Zimmer, ich solle ihr helfen, die Uhr aufzuziehen. Ich deckte den Brief über den Grießbrei und ging ins Zimmer. Als ich zurückkam, hatte der Brei den Brief ganz aufgesogen, so habe ich ihn aufgegessen.

Das Wetter hier in Carskoe selo ist schön: wechselhafte Bewölkung, Südwestwind Stärke Vier, Schauerneigung.

Heute morgen kam ein Leierkastenmann zu uns in den Garten, er spielte den Flohwalzer, dann den Jägermarsch, dann lief er fort.

Ich habe ein sehr interessantes Buch gelesen, wie sich ein junger Mann in eine junge Person verliebte, aber diese junge Person liebte einen anderen jungen Mann, und dieser junge Mann liebte eine andere junge Person, und diese junge Person wiederum liebte einen anderen jungen Mann, der nicht sie liebte, sondern eine andere junge Person.

Und plötzlich tritt diese junge Person auf eine Falltür und verletzt sich an der Wirbelsäule. Als sie jedoch schon fast wieder gesund ist, erkältet sie sich und stirbt. Da setzt der junge Mann, der sie liebt, seinem Leben mit einem Revolverschuß ein Ende. Da wirft sich die junge Person, die diesen jungen Mann liebt, vor den Zug. Da klettert der junge Mann, der diese junge Person liebt, vor Kummer auf einen Hochspannungsmast, berührt die Stromleitung und stirbt am Schlag. Da ißt die junge Person, die diesen jungen Mann liebt, zerstoßenes Glas und stirbt an inneren Verletzungen. Da wandert der junge Mann, der diese junge Person liebt, nach Amerika aus und ergibt sich dort dem Suff, derart, daß er sein letztes Kleidungsstück versetzt und, da er nichts mehr anzuziehen hat, gezwungen ist, im Bett liegen zu bleiben, er liegt sich den Rücken durch und stirbt daran.

Ich bin in den nächsten Tagen in der Stadt. Ich will Sie unbedingt sehen. Einen Gruß an Valentina Efimovna und Jakov Semënovič.

Daniil Charms
28.6.1932, Carskoe selo

3

Liebe Tamara Aleksandrovna,
Leonid Saveljevič, Jakov Semënovič und
Valentina Efimovna.

Bitte grüßen Sie Leonid Saveljevič, Valentina Efimovna und Jakov Semënovič von mir.

Wie geht es Ihnen, Tamara Aleksandrovna, Valentina Efimovna, Leonid Saveljevič und Jakov Semënovič? Was macht Valentina Efimovna? Schreiben Sie mir unbedingt, Tamara Aleksandrovna, wie Jakov Semënovič und Leonid Saveljevič sich fühlen.

Ich habe große Sehnsucht nach Ihnen, Tamara Aleksandrovna, ebenso nach Valentina Efimovna, nach Leonid Saveljevič und nach Jakov Semënovič. Ist Leonid Saveljevič immer noch auf dem Lande oder schon zurück? Wenn er zurück ist, grüßen Sie ihn von mir. Aber auch Valentina Efimovna, und Jakov Semënovič, und Tamara Aleksandrovna. Sie sind mir alle in einem Maße gegenwärtig, daß mir scheint, ich könnte Sie nie vergessen. Valentina Efimovna steht mir wie lebendig vor Augen, und wie lebendig sogar Leonid Saveljevič. Jakov Semënovič ist mir wie ein leiblicher Bruder und eine leibliche Schwester, auch Sie wie eine Schwester oder, zumindest, wie eine Cousine. Leonid Saveljevič ist mir wie ein Schwager, und Valentina Efimovna wie eine Verwandte.

Dauernd denke ich an Sie, mal an den einen, mal an den anderen, und immer mit solcher Klarheit und Deutlichkeit, daß es einfach schrecklich ist. Nur im Traum erscheint mir niemand von Ihnen, und ich wundere mich, warum das so ist. Denn wenn mir Leonid Saveljevič im Traum erschiene, so wäre das eins, und wenn es Jakov Semënovič wäre, so wäre das schon etwas anderes. Dem nicht zuzustimmen, ist ein Ding der Unmöglichkeit. Und

wenn Sie mir im Traum erschienen, so wäre das noch etwas anderes, als wenn mir Valentina Efimovna im Traum vorgeführt würde. Was mir da vor ein paar Tagen doch passiert ist! Stellen Sie sich vor, ich wollte gerade weggehen und griff nach meinem Hut, um ihn aufzusetzen, plötzlich sehe ich genau hin, und der Hut – ist nicht meiner, ist meiner und doch nicht meiner. Zum Kuckuck! – denke ich, – ist das eine Geschichte! Ist das nun mein Hut oder nicht meiner? Und ich setze den Hut auf. auf. Und wie ich den Hut aufhatte und in den Spiegel sehe, da sehe ich, sieht aus, als wäre es doch meiner. Und ich denke: und wenn es nun doch nicht meiner ist? Obwohl er, übrigens, wie ich glaube, doch meiner ist. Und wie sich herausstellt, ist der Hut tatsächlich meiner. Und Vvedenskij hat sich beim Baden im Fluß in einem Fischnetz verheddert und sich so darüber aufgeregt, daß er, kaum wieder frei, nach Hause gelaufen ist, um zu schlafen.
Schreiben Sie auch, was Sie so erleben. Was macht Leonid Saveljevič, ist er noch auf dem Lande oder schon zurück?

Daniil Charms
1. August 1932, Kursk

4

Lieber Nikandr Andreevič,
ich habe Deinen Brief bekommen, und mir war sofort klar, daß er von Dir ist. Zuerst habe ich gedacht, er sei auf einmal nicht von Dir, aber kaum hatte ich ihn aufgemacht, war mir sofort klar, daß er von Dir ist, aber zuerst hatte ich gedacht, er sei nicht von Dir. Ich bin froh, daß Du schon vor langer Zeit geheiratet hast, denn wenn der Mensch den heiratet, den er hat heiraten wollen, so heißt das, er hat das bekommen, was er wollte. Und so bin ich sehr froh, daß Du geheiratet hast, denn wenn der Mensch den heiratet, den er wollte, so heißt das, er hat bekommen, was er wollte. Gestern habe ich Deinen Brief bekommen, und ich dachte sofort, daß dieser Brief von Dir sei, aber dann dachte ich, daß es den Anschein habe, daß er nicht von Dir sei, aber ich machte ihn auf und sehe – er ist wirklich von Dir. Du hast sehr gut daran getan, daß Du mir geschrieben hast. Zuerst hast Du nicht geschrieben, dann auf einmal hast Du geschrieben, obwohl Du noch früher, bevor Du eine Zeitlang nicht geschrieben hast, auch geschrieben hast. Ich habe sofort, als ich Deinen Brief bekam, sofort entschieden, daß er von Dir sei, und dann bin ich sehr froh, daß Du schon geheiratet hast. Denn wenn der Mensch Lust bekommen hat zu heiraten, dann sollte er auch um jeden Preis heiraten. Darum bin ich sehr froh, daß Du schließlich eben den geheiratet hast, den Du hast heiraten wollen. Und Du hast sehr gut daran getan, daß Du mir geschrieben hast. Ich habe mich sehr gefreut, als ich Deinen Brief sah, und sogar sofort gedacht, daß er von Dir sei. Während ich ihn aufmachte, kam mir zwar so ein Gedanke, daß er nicht von Dir sein könnte aber dann habe ich entschieden, daß er von Dir sei. Danke, daß Du geschrieben hast. Ich danke Dir dafür

und bin sehr froh für Dich. Du errätst vielleicht nicht, warum ich so froh für Dich bin, aber ich sage Dir sofort, daß ich froh für Dich bin, weil Du geheiratet hast, und zwar eben den, den Du hast heiraten wollen. Und das, weißt Du, ist sehr gut, eben den zu heiraten, den man hat heiraten wollen, denn dann nämlich bekommt man das, was man wollte. Und eben darum bin ich so froh für Dich. Und froh auch darüber, daß Du mir einen Brief geschrieben hast. Ich hatte schon von weitem entschieden, daß der Brief von Dir sei, doch als ich ihn in die Hand nahm, dachte ich: und auf einmal ist er nicht von Dir? Aber dann denke ich: aber nein, natürlich ist er von Dir. Ich mache den Brief eigenhändig auf und denke währenddessen: ist er von Dir oder nicht von Dir? Von Dir oder nicht von Dir? Nun, und als ich ihn aufgemacht hatte, sehe ich, er ist doch von Dir. Ich habe mich sehr gefreut und beschlossen, Dir ebenfalls einen Brief zu schreiben. Vieles wäre zu sagen, aber ich habe buchstäblich keine Zeit. Was ich schaffen konnte, habe ich Dir in diesem Brief geschrieben, das übrige schreibe ich später, denn im Augenblick habe ich absolut keine Zeit. Gut zumindest, daß Du mir einen Brief geschrieben hast. Jetzt weiß ich, daß Du schon vor langer Zeit geheiratet hast. Ich wußte schon aus früheren Briefen, daß Du geheiratet hast, aber jetzt sehe ich wieder – es stimmt vollkommen, Du hast geheiratet. Und ich bin sehr froh, daß Du geheiratet und mir einen Brief geschrieben hast. Ich hatte sofort, als ich Deinen Brief sah, entschieden, daß Du wieder geheiratet hast. Nun, denke ich, es ist gut, daß Du wieder geheiratet und mir darüber einen Brief geschrieben hast. Schreibe mir jetzt, wer Deine neue Frau ist und wie das alles gekommen ist. Richte Deiner neuen Frau einen Gruß aus.

1933

NACHBEMERKUNG

Dar Band *Fallen* war satzfertig, alle Termine für Fahnen, Umbruch bis hin zur Auslieferung lagen fest, und das Nachwort sollte ansetzen mit der frohgemuten Behauptung, nach dem Band *Fälle* 1984 liege dem deutschen Leser mit diesem Band nun der gesamte dichterische Nachlaß von Daniil Charms vor, zumindest der in Dialog und/oder in Prosa gefaßte – und von einigen wenigen unübersetzbaren Ausnahmen abgesehen.
Da erscheint in der Exilzeitung ›Russkaja mysl‹, Paris, in der Ausgabe vom 3. Januar 1985, betreut von I. F Petrovič, eine ganze Seite, die Charms gewidmet ist, und sie enthält zwei Texte, die in Michail Mejlachs Sammlung fehlen – aber beides Texte, die unverkennbar die Handschrift von Daniil Charms tragen: »Es war einmal ein Mann« sowie Charms Brief an die Schauspielerin Klavdija Vasiljevna Pugačeva, ein sehr persönliches Selbstzeugnis, das diesen Band sinnvoller abschließt, als jedes Nachwort es könnte.
»Das ist eigentlich alles.«
Die Suche nach unbekanntem Charms geht weiter.

P. U.

An K.V. Pugačeva *Leningrad*
[7.–20]. Oktober 1933

Liebe Klavdija Vasiljevna,
Sie sind ein bewundernswerter und ein echter Mensch! So betrüblich es für mich ist, Sie nicht sehen zu können, werde ich Sie doch weder ins TJuZ noch in meine Stadt zurückrufen. Wie gut zu wissen, daß es noch einen Menschen gibt, den Wünsche bewegen! Ich weiß, mit welchem Wort ich die Kraft zu benennen habe, die mich an Ihnen freut. Ich nenne sie gewöhnlich Reinheit. Ich habe darüber nachgedacht, wie schön alles ist, was man zum ersten Mal tut! Wie schön ist die erste Wirklichkeit! Schön die Sonne und das Gras, das Gras und der Stein,

das Wasser, der Vogel, der Käfer, die Fliege, der Mensch, Kätzchen und Schlüssel, Kamm. Aber wenn ich blind und taub geworden bin und alle meine Sinne verloren habe, wie kann ich all das Schöne dann erkennen? Alles ist verschwunden, und nichts mehr für mich da. Aber plötzlich erlange ich den Tastsinn wieder, und fast zur selben Zeit erscheint mir die gesamte Welt erneut. Ich habe das Gehör wiedererlangt, und die Welt ist bedeutend schöner geworden. Ich habe alle folgenden Sinne wiedererlangt, und die Welt ist noch größer und schöner geworden. Die Welt hat zu existieren begonnen, sowie ich sie in mich eingelassen habe. Mag sie noch so sehr in Unordnung sein, aber sie existiert! Ich dagegen habe die Welt in Ordnung zu bringen begonnen. Und da plötzlich erschien die Kunst. Erst da begriff ich den wahren Unterschied zwischen der Sonne und dem Kamm, aber ich erkannte zugleich auch, daß das ein und dasselbe ist.

Jetzt besteht meine Sorge darin, die richtige Ordnung zu schaffen. Das hält mich in Bann, und ich denke an nichts anderes. Darüber spreche ich, versuche, es zu erzählen, zu beschreiben, zu zeichnen, zu tanzen, zu bauen. Ich bin der Schöpfer der Welt, das ist an mir die Hauptsache. Wie könnte ich nicht ständig daran denken! In alles, was ich tue, lege ich das Bewußtsein, daß ich die Welt erschaffe. Und ich schustere nicht einfach einen Stiefel, sondern erschaffe, dies vor allem, eine neue Sache. Mir reicht es nicht, daß der Stiefel bequem, fest und schön wird. Wichtig ist mir, daß in ihm dieselbe Ordnung herrscht wie in der ganzen Welt, daß die Ordnung der Welt keinen Schaden nimmt, nicht beschmutzt wird durch die Berührung mit dem Leder und den Nägeln, daß sie, trotz der Form des Stiefels, ihre Form bewahrt, dieselbe bleibt, die sie war, rein bleibt.

Es ist dieselbe Reinheit, die alle Kunst durchdringt. Wenn ich ein Gedicht schreibe, so erscheint mir als das Wichtigste nicht die Idee, nicht der Inhalt und nicht die Form, auch nicht der nebulöse Begriff der »Qualität«, sondern etwas noch Nebulöseres und dem rationalistischen Sinn Unbegreifliches, doch etwas, das mir und, wie ich hoffe, auch Ihnen, liebe Klavdija Vasiljevna, begreiflich ist, und zwar – *die Reinheit der Ordnung*.

Diese Reinheit ist in der Sonne, im Gras, im Menschen und im Gedicht ein und dieselbe. Die wahre Kunst steht in der Reihe der ersten Wirklichkeit, sie erschafft die Welt und erscheint als deren erste Widerspiegelung. Sie ist unbedingt real.

Aber mein Gott, in welchen Kleinigkeiten die wirkliche Kunst beschlossen liegt! Die »Göttliche Komödie« ist eine große Sache, aber auch das Gedicht »Durch wogende Nebel dringt der Mond« ist nicht weniger groß. Denn da wie dort herrscht dieselbe Reinheit, also auch dieselbe Nähe zur Wirklichkeit, d.h. zur selbständigen Existenz. Das sind nicht mehr Wörter und Gedanken, die aufs Papier gedruckt sind, sondern ein ebenso realer Gegenstand wie das Tintenfaß aus Kristallglas, das vor mir auf dem Tisch steht. Es hat den Anschein, als könne man dieses Gedicht, das Gegenstand geworden ist, vom Papier nehmen und gegen das Fenster werfen, und das Fenster geht zu Bruch. Das ist, was Wörter können!

Aber wie hilflos und erbärmlich können andererseits dieselben Wörter sein! Ich lese nie Zeitungen. Denn das ist eine erfundene, keine erschaffene Welt. Das ist nur eine erbärmliche, gedrängte Typographie auf schlechtem holzhaltigen Papier. Braucht der Mensch etwas außer dem Leben und der Kunst? Ich denke, nein: mehr braucht er nicht, alles Echte geht daraus hervor.

Ich denke, Reinheit kann in allem sein, sogar darin, wie ein Mensch Suppe ißt. Sie haben recht daran getan, nach Moskau zu gehen. Sie gehen dort auf den Straßen spazieren und spielen in einem hungernden Theater. Das hat mehr Reinheit, als wenn Sie hier im gemütlichen Zimmer wohnen und im TJuZ spielen würden.